U0060059

大都會文化
METROPOLITAN CULTURE

中國誠信 的

背後

序

我們正偷偷地拍

查遍手頭的新聞資料，我們卻很難找到恰當的詞句給偷拍下一個定義，甚至「偷拍」這個詞在新聞史或攝影史中都很少出現。

既然偷拍就是要在盡可能隱蔽的情況下，用短的時間把我們需要的事件記錄下來，那麼，快捷就成了偷拍的首要條件。

據了解，自達蓋爾（Louis J M Daguerre）1839年在巴黎發明銀版攝影法以後，人們才有了一整套用攝影的方法記錄事件的手段。但是由於當時的感光材料和攝影手段都十分落後，從拍攝到製作，一張照片幾乎需要一整天，因此，要想偷拍下一個隱藏在光明後面的事情，幾乎是不可能的。

19世紀90年代，喬治·伊士曼（George Eastman）和他的柯達公司開始將高速感光材料用於攝影，德國人又設計和製造了高品質的徠卡（Leica）和祿來（Rollei）照相機，從而可以在幾十、幾百甚至幾千分之一秒的瞬間裡，把從景物來的光捕捉到照相機內，在膠片上永久地記錄下景物的形象，只有到這時候，偷拍才成為可能。也就是說，直到20世紀20年代，照相機得到廣泛應用後，偷拍才隨之應運而生。

　　在浩如煙海的攝影資料中，要想找出哪一張是第一張偷拍照片，幾乎是不可能的，因為當時的照片大部分都是「擺拍」，人們還沒有從繪畫的思維習慣中走出來。如果硬要找出一些所謂偷拍的照片，那也只能是勉強地可以稱之為偷拍的照片。比如，1920年一位攝影家就拍了一張當時紅極一時的女舞蹈家和歌手約瑟蘇・貝克的裸體照片，據說她演出後有一個習慣，喜歡把演出服裝全脫掉，然後一絲不掛，坐下來休息。那位攝影家乘機偷偷地躲在幕布的後面，直到她春光乍現那一刻，迅速按下快門，將這一誘人的鏡頭記錄了下來，並成為當時轟動一時的「作品」。不過這也算不得嚴格意義的偷拍，因為據說這位叫約瑟芬・貝克的舞蹈家在演出時就喜歡坦胸露背。

　　在西方，攝影界中的所謂偷拍者，其實更像是一些明火執仗的強盜，他們對名人的追拍就很典型。與其說他們在背著名人偷拍，倒不如說更像一群追逐獵物的狗，直至把黛安娜和她的情人追得走頭無路，撞車身亡。

　　西方早期的偷拍，大都側重於社會風俗、名人、軼事，這和我們中國的偷拍在實際操作上有很大的差別。西方的偷拍行動往往是公開的，只是拍攝的手段比較隱秘，他們常常採用長焦距望遠鏡頭，偷偷摸摸接近名人，並用高速馬達卷片，狂拍一通，拍了就跑。也有一些記者，則大大方方接近名人，在他們處於放鬆戒備的情況下，迅速拍下名人的另一面。

美國著名新聞攝影師加烈拉（Ron Golella），一個時期專以追蹤拍攝甘迺迪夫人賈桂琳為目標。他的存在，賈桂琳是知道的，只是不知道加烈拉會在什麼時候、什麼地點給她來一下。因此，賈桂琳在忍無可忍的時候把加烈拉送上了法庭。

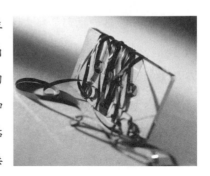

我們的偷拍者則無論在行動上還是在具體的操作上，都要求十分小心和隱蔽，而且到目前為止，還沒有一個保護記者人身安全或遇到阻力後能夠繼續進行採訪的法律。

19世紀末，盧米埃兄弟（Lumie're）開始把膠片用在了製作記錄片和拍攝情節劇上。盧米埃兄弟和喬治·梅里葉（G. Melies）認為電影有雙重作用，首先是記錄的作用，另外可以講述故事。從電影發展的初期到現在，記錄片一直是人們探索的主題，人們也終於有了一種可以真實記錄事件連續發展的手段。但在當時，用於攝影的設備不僅十分笨重，而且還十分龐大，不要說偷偷摸摸地拍攝了，就是光明正大地拍攝，幾個鏡頭下來，操機者也得出幾身臭汗。

因此在攝影機出現之後很長一段時間，我們還是找不出幾個偷拍的鏡頭。不過，攝影師在這方面偶而為之的鏡頭，還是有跡可尋的。例如，雷蒙·德巴爾康拍攝的記錄片《現行犯罪》中，有一個員警押

解犯人的鏡頭，他們都處於對鏡頭無意識的狀態，鏡頭下移，看不見頭部，只看見一雙拿著警帽的手和一雙戴著手銬的手，給人很大的衝擊力。

在攝影師雷奈（Alain Renais）的《夜與霧》（Night and Fog）中，很多地方都可以讓人感受到：攝影機拍下了日常生活的一切，而攝影師自身的存在卻被遺忘，最後甚至消失了。這種記錄手法，正所謂「鍾情於山水，物我兩忘」。這大都是在日常生活中，採用了在被攝者不知情的情況下偷拍的方式。

我們在卓別林（Charles Chaplin）拍攝的早期默劇中，可以看到許多用偷拍方式拍攝的畫面。這些畫面最初的創意或許不一定是他發明的，但可以肯定是他先採用的。例如他站在街頭中心仰頭望天，來來往往的人們便停下來，都圍著抬起頭。他又俯身看地，人們又都隨著他低下頭，後來他乾脆爬到地面上，四肢著地，似乎在尋找什麼。這些人居然也都學他的樣子。這組畫面把觀眾逗得捧腹大笑。他製造的種種噱頭和人們感到莫名其妙的神氣是他常用的一種逗笑方式。這種在別人不知情的時候，開一個玩笑，而攝像機藏在一邊偷偷拍下人們當時反應的手法，在電視時期裡發展成了一個很受大眾歡迎的模式。

法國的電視頻道和德國的電視頻道中，每週都會播出一些令人發笑的節目。這些節目的製作，都是攝製者在當事人不知情的情況下採用偷拍方式完成的。例如，一個老太太開著一輛紅色轎車來到維修

廠，這時早就等在那裡的裝扮成修理工的攝影人員走過來，和老太太糾纏一通，轉移她的注意力，另一組工作人員趁機將她的車開走，緊接著換上一輛與此車一模一樣的轎車。只不過這輛轎車不堪一擊，他們會當著老太太的面，將此車拆得稀爛，令老太太大為光火。這時，老太太真正的汽車又完好無缺地開回她身邊。在這種情況下，偷拍機充分展示了老太太的情緒變化，令觀眾大笑不止。

還有一位攝影記者為了能夠偷拍到一位著名影星與她的情人從海灘別墅裸體跑進海裡的鏡頭，不惜僱了艘潛水艇等在海底下半月之久，這都是西方偷拍的典型範例。

不過這些偷拍的例子，也只能算是偷拍的另類。真正意義上的偷拍者，實際上還不是新聞界的那些攝影師，而是所謂為「國家利益」工作的間諜、特務。

間諜片，是當今電影中的一大種類。不用說至今還長演長拍不衰的007了，它是反映前蘇聯格別烏（KGB）或以色列莫桑德（Mossad）的影片，偷拍也都是影片中那些間諜、特務常用的手段。這種偷拍，除了用普通照相機外，更多的是用微型的照相機。這種照相機，從反映第一次世界大戰的影片中就可以看到。那些濃妝豔抹的美女特務混到敵方，從化妝包中拿出一個口紅大小的照相機，把被她們迷住的敵軍軍官或是重要的敵方人物的機密文件狂拍一通……

到了二戰以後，這種偷拍設備進一步小型化。在前蘇聯一部著名

的反間諜片《不速之客》中，間諜們在一條狼狗眼中裝了一架照相機，用來拍攝敵方的軍事目標。這一劇情，一時間成了當時街談巷議的主要話題。

到現在，擁有007龐德手中的那些偷拍機，已經不是一種幻想。

這些可以說是最名副其實的偷拍，與新聞媒體中採用的偷拍，雖說有很多相似之處，但從本質上講，區別仍然很大。西方媒體對偷拍行為不僅不讚賞，而且往往帶有很濃厚的批判色彩。

法國影片《國家利益》，講的就是一個人無意之中拍攝到了犯罪活動，結果不僅遭到犯罪集團的追殺，國家情治機構也沒有放過這個人，直至將他置於死地。在影片中，值得注意的是，新聞媒體是站在偷拍者一邊的，這種敘事手法在西方的影視界幾乎成為一種模式。也就是說，偷拍者都不是新聞記者，而是一些犯罪集團內部的反叛者，或是一些與被偷拍到的事件原本毫無關係的人，但是在他走投無路的情況下，往往求助於新聞媒體。在這裡新聞媒體成了正義的化身。這一點，在美國影片《全民公敵》（Enemy of the State）中表現得尤為突出。一個野生動物保護者無意之中拍到了一起凶殺案（這種拍攝也可以把它當作一種無意之中的偷拍），從此就再也沒有逃脫被人追殺的厄運。

20世紀60年代，電視進入了高速發展時期，電視新聞佔據了電視台最為重要的播出時段，而電視設備也隨著科技的發展和時代的要求

日趨小型化，直到今天製作出了可以握在手掌心中的小型攝像機——「掌中寶」。拍攝設備的小型化，為偷拍再次提供了有利的記錄工具。值得一提的是，現在偷拍所用的攝像頭，就是以色列上個世紀80年代中期間諜用的偷拍攝像頭。從這一點上看，我們新聞記者與格別烏、莫桑德倒是有點兒共同之處。

但本質上還是不同的。新聞記者的偷拍往往出於對社會負面的一種義憤，頗有點梁山好漢替天行道的味道。在這一方面，無論是我國的新聞記者還是西方的新聞記者，很有點兒相似的地方。

儘管西方媒體在偷拍的主要著眼點上更趨於愉悅大眾、贏利、獵奇，但也不乏針砭時弊的力作。例如，美國攝影記者在越戰期間拍攝的南越軍警槍殺越共的的照片。當時拍攝這樣一個鏡頭不僅需要迅速的偷拍反應，更需要一點勇氣。

我們的媒體搞偷拍目的很明確，除了針砭時弊、曝光醜陋之外，更多的是出於為國為民服務的職業道德。從這方面說，我們和西方的記者又有很多不同。

在我們的偷拍中有一個修車的例子。記者為了了解當時混亂的汽車維修市場，用自己的車「以身試法」，開到那些漫天要價又根本沒有維修能力的所謂汽修點，親身感受了一場被宰、被坑、新車修成破車的經歷，並把這一經歷偷拍下來公之於世。而我們前面舉例的那個外國偷拍修車的經歷，卻只是開了個玩笑而已。

　　說到中央電視台電視新聞中的偷拍，我們當屬最早的了，那是
1992年對無極假藥市場的暗訪。當時電視台不要說沒有現在使用的那
種「偷拍機」，就連稍稍輕一點的攝像機都沒有，一般的攝像機都在
10公斤左右。我們就是用這種「偷拍機」進行偷拍的。到了1993年，
北京電視台開始用一種小巧的攝像機，對一些商場和一些市場的不法
行為進行偷拍，並將其用到了電視新聞中，反響強烈。至此，很多電
視台紛紛效法。1994年，中央台在一些節目中也逐步運用了這種手
法。而完全用現在的這種微型偷拍機，並全部採用偷拍鏡頭製作新聞
的，就是我們新聞中心採訪部組織的質量萬里行報導組了。

　　其中，最典型的例子就是我們記者裝扮成藥販子，打入造假阿膠
的村子中，一邊和不法分子鬥智鬥勇，一邊用偷拍方式完整記錄了造
假的全過程，最後將這一個隱蔽了5年之久的黑窩點公之於眾。

　　偷拍起於攝影，而中國最早的電視新聞偷拍則始於我們一種無奈
的選擇。這種選擇如今已成燎原之勢，成了幾乎所有電視台暗訪的首
選手段。

目錄

第一章　不受歡迎的人

第二章　我們不是秘密警察

第三章　獨眼看世界

中國誠信的背後

第一章　不受歡迎的人

我經歷了群魔亂舞的一夜

20多分鐘後，藥力開始發生作用，一些人開始脫光衣服，整個場面不堪入目……就在群魔亂舞的時候，小凱發現一個姑娘吸食了過量的毒品後，開始陷入昏迷狀態。她的臉上已經出現了不正常的緋紅色。旁邊的人告訴小凱，她還不到18歲。小凱看到毫無知覺的女孩只能任人抱來抱去。

2001年12月初的一天晚上，當中央電視台社會新聞部的熱線電話響起的時候，小凱順手就抄起了電話：「你好，您找哪一位，您有什麼事情需要反映嗎？」

小凱嘴裡說的是每天都要對著舉報電視說上幾百遍的規定用語。他當時正急著要回家，根本沒料到會得到那樣一條驚人的新聞線索，會讓世人看到那樣一個毒品氾濫、黃禍橫行的黑色世界！

「在海南海口市有一些地方黃、賭、毒流行，幾個方面相互帶動，影響惡劣，一些人是發了財了，可很多很多的青年、青少年都開始沾染毒品、去找小姐、去賭博！你們快來看看吧！救救他們吧！」

電話裡，舉報人告訴小凱：「到了海口，一問出租司機大家都知道，哪些地方有賭場，哪些地方有吸毒、販毒的，哪些地方有小姐，人人都知道，一去就能看到！」

當時小凱的感覺是不可能，怎麼可能會有這樣黑白顛倒的世界？當時他只是抱著可有可無的心態給部領導進行了彙報。領導對這個問題非常重視，要求他對那裡的黃賭毒問題進行一次暗訪。

12月下旬，小凱他們在舉報人員的指引下，以兩個遊客的身份來到了一家豪華歌舞廳進行暗訪。在這家舞廳裡，每晚大肆上演色情表演和色情交易，販毒吸毒現象隨處可見。這家舞廳也因此生意興隆，在當地聲名大噪。

小凱到達舞廳時已經是夜裡11點多鐘了，這正是舞廳夜生活開始的時候。小凱發現，不時有車輛進入停車場，整個停車場內滿滿的，光小轎車就有30多部。

進入裡面，小凱看到，這個叫「金夜娛樂廣場」的舞廳分成兩層，門口站著戴鋼盔的保安。他們手上拿著像皮棍子、人高馬大、四處巡邏，如此警備森嚴的樣子，與娛樂城的名稱十分不符。

小凱悄悄地向周圍的人打聽，這地方為什麼會有如此多的保安，一個梳著小分頭的人望了一眼「不諳世事」的小凱，說道：「這地方經常有人打架，打得血肉橫飛。沒有保安，能行嗎？」小凱又問：「為什麼？都是來玩的，為什麼要打架？」那個小分頭又說：「你看過美國電影嗎？你進去玩幾天就知道了。」

　　在一樓有一個特大的迪斯可舞廳，狂躁的音樂震耳欲聾。五顏六色的燈光令人目眩，燈下的人們隨著音樂都在瘋狂搖著頭。小凱他們在這裡沒待幾分鐘就感到頭有點暈。正在這時，過來幾個女子，伸手就拉小凱，讓他們到舞池裡面跳舞。為了能夠更好地了解舞廳裡的內幕，小凱他們只有「奮不顧身」了。

　　走進舞池，就好像掉進一個巨大的攪拌機裡，眼花繚亂的燈光和瘋狂扭動身軀的人們擦肩磨背，來往穿梭，真會把人撕成碎片。小凱在舞池中沒有待多久就倉皇逃出，跑進一個包廂，大口大口地喘氣。可以肯定，如果再待一會，小凱他們也會隨著這些人一起狂舞起來。幾個披著透明紗衣的領舞女郎正扭動身體，帶動所有跑舞者瘋狂地跳動嚎叫。

　　正在這時，包廂裡進來了一個小夥子，頭髮染得白一道，綠一道。

　　「要白粉嗎？」

　　小凱儘管心裡有準備，但是真正進入角色還是感到很不自然。好

一會才反應過來。

「白粉？這兒的人都吃嗎？」小凱問。

小夥子說：「有白粉，還有搖頭丸。我們自己就經常吃，經常被毒品搞得興奮得不行！事後又疲乏得不行，自己都不知道怎樣好。」

舞廳裡有幾個來回穿梭的男性侍者，他們的眼力很獨到，發現小凱正無聊地四處張望，但走過來告訴小凱，真正「刺激」的還在二樓，二樓還有很多封閉的包廂，裡面什麼都有，可以帶小凱去見識一下。以後有生意可以幫他們帶過來。

小凱上了二樓，看到一位吃過搖頭丸的姑娘，正在頭搖不止。旁邊的人說，她已經搖了20多分鐘了，藥力的作用使得神經興奮的她沒有辦法停下來。小凱看到，這位姑娘不時用手去扶一下牆壁，以避免已經極度疲憊的身體倒下去。

在吃完搖頭丸後，有人開始吸白粉。吸毒者把昂貴的白粉，仔細地分成許多小份，規定每個人只能吸食一小份，有的吸毒者甚至等不及找吸管去吸，就直接把白粉放在手上吸進了鼻孔。

20多分鐘後，藥力開始發生作用，一些人開始脫光衣服，整個場面不堪入目，仿佛是走進了一家瘋人院，所有的人都像瘋子一樣，處於失控的狀態。這些人在藥物的作用下，盡情地暴露自己，在這裡已經失去了人類僅有的一絲尊嚴。

就在群魔亂舞的時候，小凱發現一個姑娘吸食了過量的毒品後，開始陷入昏迷狀態。她的臉上已經出現了不正常的緋紅色，旁邊的人告訴小凱，她還不到18歲。小凱看到毫無知覺的女孩只能任人抱來抱去。

一位不知名的計程車司機告訴小凱，能做娛樂廣場這麼大的生意，肯定有相當的背景，但他不肯告訴小凱具體是什麼背景。他說這裡的生意火得不得了，來晚了就訂不到包廂，而客人們可以在裡面玩到第二天凌晨六點鐘，天天如此。

在歌舞廳內，小凱把放著裝有攝像機的提包一直對著他所見到的一切。攝像機的表現也不錯，電池夠用，磁帶拍完一盤，跑到衛生間，小凱又換上一盤。

就在小凱到衛生間換帶子的時候，他又看到了一處新的景象。那就是在衛生間裡，一群剛才狂喊狂舞的小青年，正在衛生間裡大吐特

吐，幾乎要把胃裡所有的東西都吐乾淨了。他們一邊吐，還一邊罵著：「這東西眞要命！再也不能吃了。」

這時，走進一個夾包的年輕人，他靠近一個正在吐水的青年，小聲說：「搖頭丸是不能吃的，要是讓你感覺到不難受，還是買我的東西吧。」

說著，他從包裡抽出小瓶白粉。那位嘔吐的青年，先是拚命地搖頭，然後又是拚命地點頭。在這裡，一小瓶白粉又成交了。

在衛生間換好了錄影帶，小凱乾脆就在馬桶上不走了。他希望能夠再拍幾個吸食白粉的鏡頭。果然在不到一個小時的時間裡，他拍到了三處這樣的交易。毒品買賣早是國家嚴厲禁止和嚴厲打擊的，令人不解的是，在這個歌舞廳內，卻能夠如此從容地進行毒品交易。

兩個小時以後，小凱用偷拍機拍足了滿滿的兩盤帶子，他準備離開這裡了。當他走到歌舞廳門口的時候，兩個保安擋住了他的去路。

「對不起，我想看看你的包裡裝的是什麼。」

聽到這句話，小凱出了一身冷汗。但是他緊咬牙關，慢慢地打開裝著攝像機的包。

裡面有兩個小空瓶子，保安看到這個小空瓶子，便笑了起來，揮了揮手：「你走吧。」

這兩個小空瓶子是從衛生間撿到的，它是剛才盛著白粉的小瓶

子。那幾個吸食白粉的青年把白粉吸食完以後，把瓶子隨便地扔在了地上。當時小凱出於職業的習慣，趁別人不注意撿了起來。他本想用來做證據的，沒想到這兩個瓶子救了他的命。保安也把他當成了吸食白粉的客人。也許是他在衛生間待的時間太長了，引起了保安的注意。

當他走到大街上的時候，他感到一陣輕鬆，仿佛是從另外一個世界回到了現實之中。帶著這些錄影，第二天小凱他們就返回了北京。

新聞播出了。播出的新聞僅有幾分鐘，可最後的結果和反映卻給小凱他們很大的鼓舞。短短一兩天內，新聞的熱線電話都快給打爆了，無數的群眾打來電話予以表揚！

海口市警方負責人在新聞播出的當晚致電中央電視台表示：「今天12點40分，我們就組織警力，抓獲了四名主要犯罪嫌疑人……」

小凱他們的這次偷拍應該算是順利的。但是，這類偷拍的危險性極大。如果稍有不慎，小凱等的命運可能會極慘。

我發現了「冠生Ｘ」的驚天秘密

車間裡彌漫著甜膩膩的月餅餡香氣，老劉看到一箱箱的月餅餡從冷庫推到了生產車間，這些月餅餡顏色已經發黑了，有些地方確實有黴變。但是這些餡隨著轟隆的攪拌機再次進入了流水線……

一次記者在與朋友們閒談時，一位朋友講了一個陳年老餡的故事，他說他的一個親戚在月餅廠工作，月餅餡都是用往年剩下的餡做的。

記者感到這真是一條重要的新聞線索，馬上約這位朋友找那位親戚了解情況，朋友的親戚對月餅餡的問題，早有不少看法，只是沒想到要去曝光，聽到說有記者要找他，很爽快地告訴了他所知道的一切。

「我們廠說來也算是個老廠了。過去月餅用的餡，別說是隔年的，就是隔天的都要倒了。用多少就做多少，剩下的一律不用。這幾年效益不太好，賣不出去。現在的人都不過中秋節了。吃月餅早就被麥Ｘ勞給代替了。」

這位老兄說的話有點偏激，但是還挺有道理。

記者一邊聽一邊在想：能不能拍到一些陳年月餅餡呢？他抱著這個想法一說，這位老兄居然毫不猶豫地說「可以，我帶你去廠裡，中秋節又快到了，你跟我去庫房看看不就行了。」

記者做為這位廠裡人的親戚，很容易就進了掛著「倉庫重地，閒人免進」大牌子的庫房。

存放月餅餡的庫房和存放一般食品的庫房沒什麼兩樣，雖說都是冷庫，但這裡的溫度顯然要比其他的冷庫高。那位親戚告訴他，這也是為了節省能源。然而節省能源的直接後果就是月餅餡已經發酵了，有的甚至已經長毛了。

記者看著那一箱箱陳年月餅餡，上面長著一塊一塊綠色的、白色的黴斑感到一陣噁心。在他幼年的記憶裡，吃月餅跟過年同樣是令人難忘的。每當媽媽說又快到中秋節了，他首先想到的不是天上的圓圓的、蒼白的月亮，而是馬上吃到嘴的金黃色的、香噴噴的月餅。如今，這一美好的印象突然遭到了無情的毀壞。

難道說我們每年都在品嚐這種陳年老餡嗎？

他的那位「親戚」指著長滿黴菌的陳年老餡，說：「這些都不會倒掉的，用攪拌機攪拌一下照樣可以食用。」

記者說：「吃了這種餡會拉肚子嗎？」

那位「親戚」說：「就是拉那也沒有什麼辦法。廠裡效益不好，只好大家都擔代一點。」

記者感到了一種深深的恐懼和悲哀。我們吃的豬肉給注了水，蔬菜上了農藥，喝的純淨水居然就是沒有經過消毒的河水和井水，好不容易過個中秋節，卻讓我們吃陳年發黴餡的月餅，今後人們怎麼活啊？

記者回到家裡，決心對月餅陳年老餡的問題予以曝光。他再次找到那位朋友的親戚，希望能夠協助拍攝。想不到這位朋友的親戚一口回絕了。他不願意擔代背叛工廠的責任，他也不能這麼去做。義憤儘管是義憤，對待自己的飯碗卻含糊不得。不僅如此，他還告誡記者不要去拍這些東西。至於讓記者上次去參觀那完全是出於希望他周圍的人能了解這個事實，不要買這種月餅吃。至於更多的人是否吃到發黴的月餅，那他就管不了那麼多了。

想不到這位記者是十分執拗的人，他想做的事情八頭牛都拉不回來。他認為朋友的親戚不去配合他的採訪也沒關係，他還可以找另外

一個人。由於記者就是當地人，所以他也認識不少月餅廠的人。有一位負責管倉庫的工人同意了他拍攝的要求。

第二天，記者帶著偷拍機再次來到月餅廠，把他在前幾天所看到的事情用偷拍機非常細緻地拍攝了一遍。當記者把他所拍攝到的東西拿到台裡放給製片主任看時，主任提出了一個他未曾想到的問題：「陳年老餡你是拍到了，但是這些陳年老餡做月餡的過程卻沒有。也就是說，你沒有抓到『犯罪現場』。庫房的陳年老餡無法證明是用來做現在的月餅，總之沒有證據、沒有過程，電視所需要的恰恰是這種過程，正是由於我們平時也採訪不到這樣一個過程，所以才用偷拍。可是如今你去偷拍了，然而沒有拍到這個過程，這種偷拍是沒有意義的。」

一盆冷水澆下來，記者感到很喪氣，但是製片主任接著又說：「這是一個非常重要而且有意義的題材，陳年老餡也是人們忽視的地方。你慢慢地來，想盡一切辦法把這個過程拍到。一個月不行，我給你一年的時間。」

第二年的中秋節又快到了，記者在這個期間的確積累了不少偷拍的經驗，但是他始終無法接近生產車間，因為那裡面是不允許陌生人去的。在這一點上，偷拍似乎陷入了絕地。

正當記者毫無辦法的時候，製片人又給他出了個主意：「能不能找一個廠裡人，讓他帶著偷拍機把這個過程記錄下來？」說也巧得

很，一位月餅廠準備離職的職工和記者原本就十分熟悉，當記者找到他的時候，非常誠懇地對他說了自己的需要，希望這位職工配合。因為這件事不僅僅關係著一個廠的聲譽，還直接關係著更多廣大人民群眾的身體健康。這位即將離職的職工被記者的真誠打動，他同意去試一試。記者壓抑著自己內心的興奮，手把手地把偷拍技巧向他傳授了一遍。這位工人帶著偷拍機就像一名俠客似的投入到宏揚正義的行動中。記者在家裡焦急地等了他一天，晚上這位工人回來了，他說：「我足足拍了一盤，什麼東西都有了。你看看吧。不過，有些鈕我用得還不夠熟，可能還有點晃。當時我在拍的時候，冷庫裡溫度那麼低，我卻是一頭汗。」

記者問：「緊張嗎？」

工人答：「說不緊張那是假的，真有點打入敵人內部的感覺。不過還是真夠刺激的。說了這麼多，放放看。」

記者把攝像機接到了電視上，調試了好半天，屏幕上終於出現了搖搖晃晃的影子。那是什麼呀？都是人家的腳！接著就是下半身，接著就是天空，人身體的中段，然後又是一陣陣地搖晃。這位工人一邊看一邊說：「往後看，好看的在後頭。」

片子放了大約半個小時，除了腳就是人身體的中段，接著一陣子的亂晃。不僅影像模糊，而且聲音也十分雜亂。終於，這位偷拍者大叫一聲，「看，這就是陳年老餡！」心已經涼到半截的記者立刻從座

位上跳起來，腦袋幾乎碰到了電視屏幕。只見模糊的影像中閃過一塊塊模糊的東西，兩秒鐘之後便消失了。然後又是人的腳，人的中段和令人看得發暈的搖晃。

偷拍者緊緊地盯著屏幕，嘴裡不斷地在嘀咕：「這怎麼可能？這怎麼可能？」

而記者此時幾乎快沒了氣，他有氣無力地對這位「偷拍高手」說：「你把偷拍的過程再給我演示一遍，好嗎？」

這位偷拍者嘴裡還在嘀咕著：「我都拍了啊，精彩的部分我都拍了，一點都沒有漏過。」

他一邊說一邊重複當時的過程，腋下夾著包，躬著身子，兩隻眼睛四外亂看，身體不斷地移動。就這些已經就讓記者快暈過去了。因為偷拍的大忌就是不斷地變化位置，不斷地晃動。由於偷拍機的鏡頭很小，機身本來就不穩定，亂晃的結果只能使影像變得模糊。這位偷拍者最後用手按住了偷拍機的開關鍵，非常認真地說：「我所做的操作都是嚴格按照你的要求來的。你看，就是這樣。」說著，他用手反復地按動開關鍵。

「這是開，這是關，你看，你看。」當記者湊近仔細觀看的時候，一下子暈了過去，原來這位偷拍者把開關鍵搞反了！該拍的東西全都是關機狀態，該關機的時候他恰恰地全都開了機。於是就出現了電視屏幕上那些「精彩」鏡頭。

　　總之，偷拍再次完全失敗。

　　記者在這一輪沉重打擊之後並沒有灰心喪氣，他很快又振作起來，對這位拍攝者進行新一輪的現場訓練，所有的訓練幾乎是從零開始的。

　　記者帶著這位工人進行了幾次模擬偷拍，直到最後他認為可以了，訓練才告一段落。

　　這一天，秋高氣爽，頭一天剛下一場雨，中秋節雖然已過，但是月餅還都擺滿街。使用陳年老餡的廠，月餅賣得最好，用句老話說可謂：「享譽海外」。

　　這位偷拍「新銳」很從容地走進了月餅廠，很多人都認識他。他一面向大家打著招呼，一面向生產車間走去。

　　「老劉（真實名字已隱去），最近你發財了？」一位工人向他打招呼。

　　「發財？發什麼財？還不是老樣子。」

　　「你沒發財怎麼手上夾著包啊？裡面全是美元吧？」

　　這句話說得老劉心裡咯噔一下。

　　「我的包裡還能有什麼？不過是大門鑰匙、自行車鑰匙，還有老花眼鏡罷了。」老劉說著說著來到了生產車間。他習慣性地穿上工作服，儘管這件工作服已經好久沒有洗了，他趁人不注意的時候把那個

偷拍機放進了工作服的大褂子裡。按說車間已經沒他什麼事可幹的了，但由於他是老同志，所以誰也沒有說他什麼。

車間裡彌漫著甜膩膩的月餅餡香氣，老劉看到一箱箱的月餅餡從冷庫推到了生產車間，這些月餅餡顏色已經發黑了，有些地方確實有黴變。但是這些餡隨著轟隆的攪拌機再次進入了流水線。老劉走近陳年老餡的箱子旁邊，他聞到了一股刺鼻的味道。按照多年的生產經驗，他明白這些餡的確是太陳舊了。他一邊打開攝像機一邊想：「假如攝像機能夠記錄氣味就好了。也讓那些電視觀眾們聞聞這股刺鼻味，這比什麼都能說明問題。」

月餅做好了，黃橙橙的，香氣撲鼻，陳年老餡經過一番改造，穩穩地藏在豔麗的月餅中間，很多的車在等著把月餅拉到全國各地。老劉把這一切都拍下了。他心裡沒有感到絲毫輕鬆。他知道自己在做什麼，不過為了更多的人，就顧不了那麼多了。

這次偷拍可以說是很成功的，他把整個陳年老餡進入生產，直到進入銷售領域都記錄下來了。片子在播出的時候，電視台的領導都非常地慎重，他們把很多環節看了一遍又一遍，直到認為沒有什麼問題了才通過放行。

「有罪」的糖果

　　幾台已經生鏽的造糖機凌亂地擺放在一邊，一個熬糖用的大鐵鍋也是黑乎乎的，牆角還堆著好多成品糖果和一些廢棄的商標，像上海的「大白兔」奶糖、「喔喔」奶糧、英國「邱吉爾」迷你水果軟糖、泰國的「榴槤糖」等我們耳熟能詳的糖果商標，在這裡幾乎都能見到。

　　2000年，是中央電視台社會新聞部記者打假勢頭正旺的一年。自從在電視新聞中，首次運用偷拍的方式對河北無極假藥市場做了披露之後，在社會上引起了強烈的反響。我們接到的投訴、舉報電話絡繹不絕，都是各地群眾或質量技術監督部門希望我們能給予曝光的，我們也樂在其中，全權充當起了「正義之神」，也正因為這樣，我們這些記者就像電影裡演的臥底員警一樣，從地上轉到了「地下」。

　　7月中旬，國家質量技術監督局的同志為我們提供資訊：說是江浙一帶製售假糖的小作坊有200多家，冒充的全是國內外比較知名的糖果，銷往全國各地。得到這一消息後，我們把選題報到了中心，部領導立即給予了回覆：同意採用偷拍予以曝光。

兩天之後，我和另外一名男記者來到了江浙一帶製售假糖的集聚地。一下飛機，我還沒有來得及欣賞江浙一帶美麗的風光，和我一同來的那名男記者就與線人（此次消息來源的提供者）取得了聯繫。在電話中，我們簡要說明了來意，並希望他能配合我們完成這次的偷拍任務。線人很爽快地答應了。

　　20分鐘後，我們見到了線人。初次見他，完全不是我想像中的樣子，可能是受了電影的影響，在我的思維中一直就把線人定位在一個固定的模式當中，總覺得他們應該長得跟警匪片裡的線人一樣：個頭矮小、尖嘴猴腮，一雙賊不溜秋的眼睛。而這位線人，完全出乎我的意料之外：三十出頭，理一個小平頭，長相憨厚，完全沒有商人的奸詐與精明。看來我是被電影裡虛構的人物給誤導了。

　　坐定之後，我們雙方開始詳談有關細節的配合問題，以免在偷拍時露出馬腳，讓人識破我們的動機。其實，有了幾次偷拍的經驗，我們基本上已經掌握了在深入造假分子巢穴時應準備哪幾方面的資料，包括名片、介紹信等必備的東西，我們在出發前就已經準備好了。與線人的接頭，只是讓我們更深入地了解被偷拍方的情況。

　　在與線人的談話中，我們了解到，江浙一帶的製假糖廠大部分都是當地人的私人小作坊，更有甚者外面打著某某養殖場、某某食品加工廠的旗號，背地裡卻做著違法的事情，不知情的人根本就無法猜到他們的這些勾當。

一般正規的糖廠都是用甜菜糖或是甘蔗糖作爲製糖的主要原料，再外加一些食用香精、食用色素、果汁等作爲輔助材料，成本大概在十幾元一斤左右，國外糖在30元一斤，但這些製假糖廠所用的糖都是沒有經過提純的，再加上工業色素、工業香精、化學凝固劑等構成，成本只有2-3元一斤。高額的利潤誘使著他們瘋狂造假，從最初的幾家發展到現在的數百家。

雖然說萬事俱備，只欠東風，但是在偷拍的過程中也有可能會遇到一些突發的狀況，使我們陷入困境，導致整個偷拍的失敗，所以說偷拍的過程，就像士兵作戰在沙場一樣，不能有絲毫的鬆懈，一步走錯，可能會全盤皆輸。

在閒聊中，我問線人：「我聽說現在打假，只要你提供一個消息，有關部門能查獲多少價值的物品，就會給你總價值20%的提成，你這樣做是出於這個目的嗎？」

他苦笑了一下，說：「幹這一行都已經有好幾年了，錢也賺了不少，但是每賺一分，我心裡的不安就多一分，黑心錢賺多了，晚上睡覺都不安穩。虧心事做多了，會有報應的。我的小孩今年6歲了，在醫院住了一個多星期，爲什麼，還不是吃了這些假冒的糖果造成的。看著他這樣，我心裡有愧呀，想想看，由我經手銷往全國的假冒糖果又何止一種牌子，全國那麼多人，吃了這些假果之後，會怎麼樣呢？尤其是小孩，眞是受罪呀，我做這些，沒有別的，只是想讓自己

活得踏實一點而已。」聽了他的一席話，我對他的好感又增加了幾分。

經過商定，我們打算假扮成北京某大型超市的採購員，深入造假團夥內部。

第二天，我們按照昨天約定的地點和線人接上頭，為了防止在偷拍過程中被人發現，能夠及時逃離虎口，我們特地包了一輛車直接奔向第一個暗訪地。

汽車轉過無數道小岔口，最終停在了一個小村鎮的入口處，車就在村口等著。我們下了車，沿著坑坑窪窪的小路往前走，這時我們已經把偷拍機的開關打開了，機器正處於運轉的狀態。大約走了幾分鐘，就看見三三兩兩的婦女坐在一起聊天，整個村鎮熱鬧得就像集市，我們的到來，並沒有引起她們過多的關注，不過我們的線人就不同了，每到一處，都有人跟他熱情地打招呼，儼然像是到了自己家一樣。忽然，一個中年婦女衝著線人大聲喊道：「嗨，李平（化名），又拉到活了，真有你的，什麼時候也幫我們家拉拉吧。」

線人也大聲地回應：「沒問題，不過錢你可不能少我一分喔。」

聽著他們之間肆無忌憚的說話，我和那名男記者一時間都呆了，哇塞，都已經猖狂到這種地步了，連說話都不避諱。以前接觸過的一些造假商，和人交易的時候，都還比較收斂，像做地下工作一樣。這樣的情況，我們還是第一次遇到。也正是這個時候，我們感到這次的

打假並不會順利完成。

我們首先來到一家食品加工廠，要不是早就知道這其中的內幕，我還真以為是一家正規的小加工企業，其實這個所謂的食品加工廠不過就是幾間連在一起的小平房，而且房屋都已經破敗不堪了。

線人帶著我們進到一間房間裡面，對坐在桌子面前的一個姑娘說：「你們張廠長在嗎？」

可能是線人和他們廠有長期的業務往來，所以小姑娘並沒有說什麼，就直接把我們帶到了廠長辦公室，一位40開外的中年男人迎接了我們。

線人單刀直入：「這兩位是北京某某大型超市的員工，他們這次來是想從您這進點貨。」

張廠長沒有說話，用他那雙賊眼打量了我們半天，看得我們心裡直發毛。線人一看形式不對，立即岔開話，說道：「張廠長，您這是幹嗎，我介紹的人您還不放心嘛。」

張廠長接話說：「你做事我還不放心嘛，不過這種事還是小心一點的好。」

「你們有名片和介紹信嗎？給我看看吧。」張廠長說，看來剛才線人說的那番話對他並沒有起到多大的作用，這只狡猾的老狐狸，我在心裡暗暗罵道。

「有。」記者說道，說完就從裝攝像機的黑色夾包裡拿出名片和介紹信遞給他。我不禁倒吸了一口涼氣，這小子，膽子真夠大的，竟然把介紹信和攝像機裝在一塊。事後我們這位記者對我說：「你難道沒聽過最危險的地方就是最安全的地方嗎？我是為了引開他的注意力，故意這樣放的。」

看過介紹信後，張廠長說：「北京的幾個大型超市我都聽說過，你們這個我怎麼沒有聽過？」

我趕緊說：「我們這個超市是新成立的，還沒有開張，現在正在採購階段。」

「喔，原來如此。」張廠長點了點頭。

為了不引起他的懷疑，我們儘量裝得特別的沉穩，特別的老道，其實我們緊張得心臟都快蹦出來了。

就在這時，男記者的手機響了。

「喂，是小黃呀，你們那邊的商談情況怎麼樣，進價給得低嗎？我們這還在商量當中呢，你們別急著定，先看看我們的情況怎麼樣再說，晚上我再給你打電話，咱們商量商量。」其實這只是我們事先準備好的一個局而已，就等著黃鼠狼往下跳。

電話的及時打入，使張廠長打消了所有的顧慮。他也開始把話轉入正題。

「你們需要什麼牌子的糖果？」

我和那名男記者會意地笑了笑，這只狐狸終於上鉤了。

「你們這能做些什麼牌子？」男記者問。

「國外的，國內的都能做。」張廠長回答。

正在雙方進入狀況的時候，男記者突然發話了：「請問廁所在哪？」

「啊，什麼？」

看來張廠長還沒有反應過來，男記者又重複了一遍。張廠長狐疑地對他說了廁所的位置，話音剛落，我們這位男記者一下竄了出去。留下我、線人和一頭霧水的張廠長。

「偷拍機電池沒電了！天那，這麼緊要的關頭出問題。回去以後一定要向部裡申請換一批偷拍機，這電池也太不經用了。」我暗暗想著。

我們出來的時候，部裡的幾台偷拍機已經全部派出去採訪了，只留下這麼一台破機器給我們，電池用不了半個小時就沒電了，真是氣人。

「他怎麼了？」張廠長問我。

我拼命忍住笑，說：「沒什麼，他昨天吃壞了肚子。」

幾分鐘以後，男記者回來了，談判繼續進行。一切進展都很順利。但是僅僅靠拍的這些鏡頭，還無法將他徹底的曝光，所以我們提出去他的廠房看看。

張廠長遲疑了一會，說：「廠房嘛，就沒必要去了吧，你們要什麼貨，我提供給你們就行，既然我們雙方都有誠意合作，就應該互相信任，更何況你們是小李介紹過來的，我不會騙你們的。」

幸虧我早就料到他會這樣說，所以已經做好了應對的準備，我對他解釋說：「不是我們不相信，只是這次我們需要的量大，不看一下你們的生產情況，我們也不太放心把這麼大的訂單交給你們。」

也許是不想失去這麼大的一筆生意吧，張廠長想了一會，終於答應了，還決定親自帶我們去廠房視察。

這個所謂的「廠房」其實就是一個上百平方米的大倉庫，所有的工作程序都在這裡進行操作，原料和生產出的成品到處亂堆亂放，中間只留有一條小小的過道讓人走動。幾台已經生鏽的造糖機凌亂地擺放在一邊，一個熬糖用的大鐵鍋也是黑乎乎的，牆角裡還堆著好多成品糖果和一些廢棄的商標，像上海的「大白兔」奶糖、「喔喔」奶糖，英國「邱吉爾」迷你水果軟糖、泰國的「榴槤糖」等我們耳熟能詳的糖果商標，在這幾乎都能見到。幾個工人正蹲在地上負責把這些糖果分門別類地裝到箱子裡，這一切，我們都看在眼裡，自然也都一一記錄到了攝像機裡面。倉庫另一側，堆放著一人高的包裝箱。

我問張廠長：「這些都是空的，還是已經裝了貨的？」

張廠長說：「這些都已經裝好了，是我們一部分的庫存商品，你看我們廠的實力，應該放心了吧，我們絕不會拖延交貨日期的。」

我和男記者互相看了一眼，交換了一下眼色，表示要拍的都已經拍完了，可以撤了。既然任務已經完成，也沒有必要再耗下去，我們假裝很滿意地點了點頭，對張廠長說：「不錯，要麼今天先談到這，我們回去彙報一下，明天給您答覆。」

張廠長一聽，急了，以為我們是在推拖他，趕緊對我們說：「大家出來做生意就是為了雙贏，你們放心，有錢大家賺，我是不會虧待你們的。為了我們以後更好的合作，你們的那份，我會在當初談好的基礎上再多加1％。」

我們一邊和他應對，一邊邁開腳步往外走，生怕一不小心被他發現了，那就慘了。

出來以後，我們緊接著又來到另一家假糖製造廠，我們以同樣的方式取得了老闆的信任，並獲得了去廠房的機會。相比之下，這一家廠的生產條件遠遠不及剛才去的那一家，一間破爛不堪的屋子，就是他們的生產車間和原材料及成品倉庫，製糖工具、原材料散亂地堆在

骯髒的地上，製糖工具上積著厚厚的一層污垢，又髒又臭的廁所旁就是熬糖用的大鐵鍋，原料堆放地離廁所不足3米遠，僅有的兩扇窗戶上沾滿了斑斑黴菌，從裡面已經看不到外面的世界了。整個環境髒得令人作嘔，而造假者就是在這種環境裡用劣質原料生產出糖果，包上國內外名牌企業的包裝註冊商標紙，運往全國各地坑害消費者。

　　首戰告捷，沒想到會這麼順利就完成了任務，這樣的成果令我們興奮不已。到了一個安全地帶，激動的我們已經來不及等回賓館，就給當地的質量技術監督部門撥了電話，要求他們對這個村鎮的造假窩點進行查處，質檢局的同志很快就同意了，並表示明天一早就和我們一起過去圍剿他們。

　　往往事情開始進展得過於順利，總是在預示著會有一些什麼事情將要發生。回到賓館，我們迫不及待地拿出偷拍機，想一睹我們的成果，結果磁帶從頭轉到尾都沒有一點的聲音，只有畫面。這下子真的讓我們兩個目瞪口呆了。為什麼會出現這種狀況呢？至今我也沒有弄懂到底是什麼問題。

　　怎麼辦呢？今天是不可能回去重新拍攝了，只有等明天。

　　一個晚上沒闔眼，就等著第二天能夠再拍上些東西，以

彌補今天的損失，但是我們萬萬沒有想到，當我們第二天和質檢局的同志趕到那兩個工廠的時候，所有的人都已經人去樓空，這一切好像是作了一個夢，一個清晰而且真實的夢。

昨天來的時候，製糖設備、原料、包裝箱、各種商標紙都堆在這間面積不大的廠房裡，工人們來來往往，忙碌的身影還在我的腦海裡打轉；而今天呢，中間只不過就相差十幾個小時，再次見它，已經是另一番模樣：一百多平米的廠房顯然經過了清理，所有的一切都不見了，像是在人間蒸發了一樣，連堆在牆角的一堆廢棄商標紙也都蕩然無存。昨天看起來還顯得格外擁擠的廠房，今天卻突然變得如此的寬敞，地面被水沖洗得乾乾淨淨，只留下了一小灘還沒乾的水跡。

在回北京的路上，我們一直在思索著一個問題：為什麼兩個工廠在一夜之間就消失得無影無蹤呢？這中間到底是誰洩漏了秘密呢？不可能是線人，唯一的可能就是在質檢部門內部存在與製假糖廠有勾結的人。

再次踏上這條打假之路已經是兩個月以後的事了，依舊是我和當初的那名男記者。

當我們和線人聯繫的時候，他的手機已經停機，我們沒有其他的方式可以和他聯繫。

不得以，我們只好憑著上次的經驗，自己主動上門。只不過這次換了另外一家以某某養殖場做幌子的假糖廠。

辦公室裡，一位姓王的經理接待了我們。

「我們想從您這進點『大白兔』、『喔喔』奶糖。」我說。

「你們找錯地方了吧，我這沒有你們需要的糖。」

我和男記者沒有料到他會拒絕自動上門的生意，一時沒有心理準備。

「我們是做養殖業的，怎麼會有糖呢！」王經理繼續說。

還好我們的應變能力比較強，立即反應過來，開始運用我們死纏爛打的本領。可能是我們所說的數量吸引了他，最後王經理終於妥協了。

「你們是誰介紹的？」

「馬俞。」

幸好在上次的偷拍中，我們曾聽線人提及過另外一個銷售員的名字，才沒有露出馬腳。（在他們這些造假廠做銷售員，一般不是固定在某一個廠裡，而是哪有業務就往哪做，所以銷售員與他們都認識）。

「你們是湖南的？怎麼沒有一點南方口音呢？」都是那位男記者出的紕漏，說了一口正宗的普通話。

我趕緊說：「我們都是北方人，只不過現在在湖南工作而已。」

「喔，原來這樣，去湖南多久了？」

「剛過去，還沒有半年呢？」

正當我們以為已經獲得了他的信任的時候，那位姓王的經理突然冒出一句：「你那個黑包裡裝的什麼？」

「沒什麼，只是一些個人的東西罷了。」男記者說。

「能給我看看嗎？」

「您這是什麼意思，擺明了就是不信任我們嘛。」我氣憤地說。

「想知道是嗎，那你就看看吧。」說完這話，男記者站起來，走到他面前，把夾在腋下黑包裡的東西嘩地全倒在他面前的桌上。

幸虧來之前我們就有所防備，把以前慣用的包式偷拍機換成了鋼筆偷拍機，這個皮包，只是我們的障眼法罷了，想找我們的毛病，沒門。

王經理一看沒有什麼值得懷疑的物品，放下心來，開始對我們殷勤備至。

「別怪我不相信你們，我也是迫不得已呀，現在正是打假高峰，尤其是那些記者，最喜歡搞偷拍，你說要是被曝光了，那我們這以後的生意可怎麼做呀，前一段時間，我們這就發生過這種事，中央電視台的兩位記者來搞偷拍，是我們這一帶一個銷售員介紹來的，虧得我們有內線，而且我還聽說那個銷售員出車禍了。」

聽到這，我隱隱約約感到有些不對，爲了證實我們的推測，我急忙問道：「他叫什麼名字？」

「李平。」

看到我們這副神情，王經理懷疑地問：「怎麼，你們認識嗎？」

「不認識，只是我們對這種事比較好奇而已。」幸虧反應快，要不然就功虧一簣了。

穩定了自己的情緒，我繼續問：「那他現在怎麼樣了？」

「被車撞死了。」

看著我們面面相覷的樣子，他又接著解釋。

「還不明白嗎？這明擺的事，他得罪人了。」王經理輕描淡寫地回答。

一聽這話，我們倆都懵了，這些以前在電視裡才可以看到的殺人滅口事情，如今卻眞眞實實地發生在了我們身邊。一時間，我們也不知道該說些什麼，腦子裡一片空白。

「唉，不說這些了，還是談正經事吧。」王經理的一番話把我們拉了回來，我們知道這不是難過的時候，我們所能做的就是把這個造假窩點曝光，將這些造假者繩之於法。

當我們提出想去廠房看看生產情況時，王經理說：「我們的廠房

不在本地，這只是銷售區。」

男記者立即表現出強烈的不滿，說：「這是我們公司的原則，你這樣做，叫我們很爲難，雖然我們有意向與你建立長期的業務往來。」

聽到這，王經理趕緊說：「我不是這個意思，實在是廠房不在這，如果你們想看的話，我可以帶你們去庫房看看。」

「那也行。」我說。

緊接著，我轉過頭對男記者說：「你就別爲難他了，隨便看看就行了。」

隨著他來到庫房，面積和我們上次看到的差不多大，但是裡面一個工作人員都沒有，只有一些已經包裝好的成品，整整齊齊地碼在一角。

在廠房裡我們碰到了另外兩名採購者。王經理給我們互相做了介紹，以借此顯示他生產的假冒糖果遠銷全國各地。

這個時候，王經理接到一個電話，急匆匆地出去了。

「你們之間的業務往來有多久了？其中的一個採購員開始與我們攀談起來。」

爲了能掌握更多的內幕，我們也樂意與他們套套近乎。

「沒多久，這次是第一筆業務。」

「你們都採購一些什麼糖呀？」

「多著呢，上海的『喔喔』、『大白兔』、還有一些國外的糖果都是我們需要採購的。」為了不被他們識破身份，我儘量裝得很內行。

「你們從這進的貨是什麼價？」男記者問。

「這個嘛，不太方便透露。」

「說說嘛，大家都是同行，互相交交底，看看我們是不是被坑了。」

「你們知道這個地區還有哪些廠能做這種業務嗎？」他們很巧妙地把話丟給了我們。

雙方各懷「鬼胎」地互相瞎聊，以期望從中獲取寶貴的資料。

「你怎麼老戴著墨鏡呀，光線這麼黑，你還能看見？」我問其中的一個採購員。

他顯然沒有料到我會問這麼「弱智」的問題。吱吱嗚嗚了半天，說：「這只是我的習慣而已，沒有別的。」

「喔，對不起，我上趟廁所。」男記者故作痛苦狀地冒出一句。

說完飛快地跑了出去。

「他怎麼了？」

「可能水土不服，拉肚子。」我說。

拍了沒過10分鐘，男記者包裡的攝像機電池又發出沒電的警報。迫不得已，他只好拿出傳呼，假裝看了看，然後對我說：「把你的手機借我回個電話，我的手機沒電了。」

我自然明白他的意思，把手機掏出來給他。男記者拿著電話出去了。

「我去方便一下，你們先聊著。」那位戴墨鏡的採購員對我說。

「怎麼搞的，大家輪流上廁所。」我故作不解地問。

過了好一會，還不見男記者和那位採購員的蹤影，我怕同事出什麼事。就說：「怎麼這麼久還不回來，我去找找看。」

剛走到洗手間附近，我就隱隱約約聽見一陣很小的聲音從男廁所裡傳出來。貼近一聽，原來是我們的男記者和那名採購員。

「快說，你究竟是幹什麼的，怎麼會帶著偷拍機？」男記者問。

「你小聲點，行不行？」採購員說。

「你們是不是其他廠（造假廠）的奸細。」

「我們只是玩玩而已。」

「什麼，玩？有什麼好玩的，聽說過偷拍別人洗澡、上廁所的，可從來沒有聽說偷拍別人造假的。」男記者說。

「你們呢，眞的是採購員嗎？我看你們一點都不像是搞採購的。」

「我們當然是來搞採購的。」男記者反駁道。

「你以爲我不知道，你上廁所都上了好幾次了，而且剛才也不是什麼傳呼響，是你身上偷拍機的電池沒電了發出的警報聲，對嗎？」

男記者一時無語。

「我看也沒什麼好隱瞞的了，實話告訴你們吧，我們是某某經營調查諮詢有限公司的，受人委託來調查製假糖廠的一些情況。你們呢？」

「我們是中央電視台的記者，不過你不能說出去，否則的話，後果自負。」說完還不忘威脅一番。

「放心，既然大家同爲偷拍，什麼事都好說，說不定咱們雙方還可以合作。」

我們了解到，原來他們所說的經營調查諮詢公司，實際上就是私人偵探所，他們的工作就是向委託人提供眞實情況。包括資信調查，對生產、銷售假冒僞劣產品調查取證，以及個人委託的其他調查等。

他們還告訴我們，他們這次是受雇於某外資企業的老闆來調查假冒糖果的生產地，在這蹲點已經有一個多星期了，發現這個假糖廠的廠房所在地非常隱秘，一般都是在晚上才開始工作。

得知這一情況，我們立即決定夜探廠房。

　　晚上十二點，夜深人靜，四周漆黑一片，在那兩名「採購員」的帶領下，我們順著小路，像貓一樣溜到廠房周圍觀察地形。原來這個廠的廠房就設在庫房後的一座地下室裡，從地面上的窗戶往下看，裡面燈火通明，製糖設備正在轟隆隆地飛快運轉，工人們也在認真地工作，但是由於離目標太遠，我們的攝像機無法清楚地拍到裡面的情形。怎麼辦呢？經過商量，我們決定硬闖進去。

　　沒想到會如此順利進入他們的陣地，一進去，一股熱浪迎面撲來，立刻讓我感受到了洗桑拿的滋味，我們的到來，並沒有引起他們太多的注意，也許他們真的把我們當成了一般的採購人員。

　　「你們怎麼晚上工作呢？」我問。

　　「這是老闆規定的。」一個女工人回答。

　　「你們做糖，經過培訓了嗎？」

　　「這哪需要培訓呀，做一段時間自然就熟悉了。」

　　「那你們的原料都是從哪來的呢？」

　　「我們自己做唄。」

　　一番尖銳地提問之後，這個女工人終於發現了我們的不對勁，用很懷疑的眼光看著我，說：「你們是不是記者，來搞偷拍的？老闆說過，前一段時間，就有記者來過。」

　　「怎麼會呢，我們不是記者。」

「越看你們越像，你們肯定是的。」

剛說完，就開始大叫，「有記者來搞偷拍了，大家快過來。」

不一會，我們身邊就圍了好多人，我們慌了，連忙說：「我們不是記者，是你們王經理讓我們來察看廠房的。」

「是嗎，誰去給王經理打個電話，核實一下，看看他們是不是騙我們的。」

怎麼辦，露出馬腳了，被人圍攻，可不是件好受的事，萬一要是被打了 簡直不敢再往下想。

「你們看我們哪點像記者了，連偷拍機都沒有，怎麼偷拍。」還是男記者比較沉得住氣。

「這樣吧，你們把王經理叫來，我們當面對質，如果確定我們不是，你們都等著被炒魷魚吧。」一名私家偵探威脅道。

也許他們怕繼續鬧下去，不光會丟了大筆的生意，還會丟了飯碗，一陣沉思之後，我們聽見有人說：「我看他們也不像是記者，還是算了吧。」

接著，圍觀的工人逐漸散去，只留下我們停在原地發呆，一分鐘後，我們4個人逃似地離開了現場。好險，差點被拆穿。

逃離虎口後，我們4個還餘驚未了，要是被發現了，不知道我們現在是什麼樣子，是被人打斷腿腳，住在醫院呢？還是被他們剁成肉

醬，作成人肉包出售呢？不敢想像。

打假途中也能遇到同道中人，真是太巧了，這讓我再次相信，原來電影中的情節，很多都取材於現實生活。

回到台裡，我們立即把拍回來的素材製成了新聞。播出後，在社會上引起很大的反響，國家質量技術監督部門立即組織人員對江浙一帶的製假糖窩點進行了全面的清理。

雖然說這次偷拍取得了成功，但是卻讓我感受到打假的艱辛與困難要遠遠超過我們的想像，真的是「製假容易，打假難」，而其中最讓我們感到痛心的就是線人的死亡。據說，那名肇事司機至今也沒有找到。

「偷偷摸摸」駛入無極

「依維克」車裡走出一男一女兩個年輕人，手中提著一個旅行包，直奔離他們最近的藥鋪。他們身上都藏著無線話筒，車裡的機子緊緊盯著他們的背影。

1992年7月的一天，我們和國家技術監督局等單位的幾位人士，根據中央關於嚴厲打擊製造假冒偽劣產品違法活動的指示，在北京櫻花賓館制定了第一個電視「打假」系列報導計畫，第一次赴河北無極縣藥品市場。

當時，某些地方電視台正在連篇累牘地播放一部28集的長篇電視報告文學——《無極之路》，大肆頌揚無極縣主要領導。一時間，無極聲名遠揚。

然而，就在此時，我們中國質量萬里行電視報導組（1992年為中國質量萬里行首發年），卻接到群眾舉報：無極縣靠的是販賣假藥發財致富的。

據了解，從無極縣藥品市場批發出的假藥，氾濫達半個中國。我們在無極縣藥品市場買了價值2000元的藥品，拿回去化驗，發現大部

分是劣質和假冒的藥品。

　　無極藥市起源於80年代，一個農民從山西拿回一些劣等藥，賣出後發了財，於是村裡群裡效法，迅速暴富，直至今日發展成了年銷售額達億元的大市場。對無極藥品市場的整頓，全國人大和政法委的領導以及河北省的領導都十分關注，他們專門派人檢查過幾次，縣領導班子也換了幾任，到我們來時，聽說無極藥市已整頓得很不錯了。

　　我們對無極縣的整頓將信將疑，因為接到無極縣銷售假藥的投訴實在太多了。帶著這份疑惑，我們中央電視台、人民日報、新華社、法制日報、工人日報、北京青年報的記者曾組織過一個近30人的龐大記者團，直奔無極縣。剛進縣城，就見彩旗招展，藥品一條街更是花團錦簇，濕漉漉的馬路上泛著被水剛剛沖刷過的氣味。更為可觀的是藥鋪全部油漆一新，而賣藥的人則一律身著藍大褂，不知道的還以為進駐了清潔隊。看看貨架，幾乎空空如也，只有幾種治感冒、咳嗽的藥，所有的藥鋪門可羅雀，賣藥的比買藥的人還多。到處是藍大褂，蕩來蕩去，如果你要問他們：「有經營許可證嗎？」他們都會毫不猶豫地從櫃台底下，抽出幾種證件什麼的，「上崗證」、「經營許可證」、「精神文明獎」、「五講四美先進單位獎」等等。如果你要買一些特殊的藥，他們也會異口同聲地說：「違禁藥，俺們一律不進、不賣、更沒有。」於是，你也滿意，他也滿意，皆大歡喜，記者團拍了很多照片，我們也錄了不少像，但是誰都有一種好像被蒙了似的感覺，因為無極顯得太好了，好得有點過分了。

回京的路上，大家再也忍不住了，紛紛搶著發表自己的感受，汽車內吵成了一鍋粥。快到北京時，總算有了一個結論，那就是再去一次，而且只能是暗訪。像電視劇或小說中康熙、乾隆那樣進行一次微服私訪。提起暗訪，總會讓記者們興奮起來，因為在平時不帶任何設備，恢復到老百姓的身份時，我們看到、遇到的不平實在是太多了。可當你以記者的身份，端起攝像機的時候，這一切又會像沒發生過的一樣全都不見了。暗訪、偷拍能出真新聞。

針對無極縣的假藥市場，我們迅速集合起一支攝製組出發了。踏上赫赫有名的無極之路，七八個人，精裝簡從，有中央電視台的記者，有國家醫藥局的，還有國家技監局的，大家懷著一種既興奮又悲壯的複雜心情，坐著一輛麵包車駛向無極。

汽車在鄉間小路上顛簸，天熱得連蟬也不叫了。這次，我們將一改以往大轟大鳴的形式，一路直達，突然襲擊，運動暗訪偷拍的形式，一舉揭開無極假藥市場的內幕。這也是吸取了以往打假報導的教訓。

現在三四十歲的人，都記得過去百看不厭的電影《地道戰》、《地雷戰》，誰都會喊幾聲「鬼子進莊啦」。如今就是在這兩部片子的發生地——冀中平原，造假者把設備放在地道裡，派專人把風，一遇上檢查人員，立刻傳遞「鬼子進莊啦」的消息，造假也暫時偃旗息鼓了，等人一走再開工，整個一個現代「地道戰」。據北京工商局反

映，他們多次查獲由河北進來的假菸，並掌握了造假菸的窩點，但他們說，光憑幾個工商執法人員，再加上一個班的員警，到那個村別說端窩點了，就是連村邊也挨不上。那裡造假是「全村皆兵」。

事前沒向任何打招呼，我們的採訪車在鄉間小路上繞了大半天，仍然摸不到正道，而車也快沒油了。看著路邊大大小小的加油站卻不敢加油，最後油將耗盡，實在沒法了，司機才小心謹慎地選了一個似乎是國有的加油站，加了20多升零號柴油，麻煩立刻就來了，車沒走多遠就開始打磕絆，油門踩到底，車速也上不去，司機急得滿頭大汗。好不容易開到一條小路上，我們趕忙問路上行人：「無極縣怎麼走？」有位婦女指了指前面說：「見煉油廠，向南一裡就到無極。」於是，煉油廠成了我們尋找的大目標。

又不知走了多少路，我們想像中那龐然大物般的煉油廠始終不見，只好再向路邊玩耍的小孩打聽：煉油廠在哪裡？」小孩向前面一黑乎乎的大坑一指。「哇！」車裡人齊聲叫起來，只見前面田間有幾個冒著黑煙的鐵皮煙囪，還有一些東倒西歪的大鐵罐，一些打赤腳的人正把一桶黑乎乎的液體倒進一隻大鐵鍋中——這就是「煉油廠」！好奇心驅使我們走上去參觀。我們問：「這是什麼油？」「柴油。」我們的司機馬上又問：「是幾號油？」「零號油。」一個渾身油污的人很自信地回答。「噢。」我們全都明白了。難怪還沒到無極縣，我們的車就先來了個「馬失前蹄」。

　　因為是第一次到此，舉了群眾舉報的一些線索外，其他情況知之甚少，加之我們這些外地人的裝扮很容易暴露身份，所以我們決定先坐車在無極轉上一圈。

　　傍晚，一輛拉著窗簾的「依維克」悄悄駛進了無極縣。汽車緩緩行進在無極縣中心的馬路上。這裡是無極最熱鬧的地方，首先映入我們眼簾的是一條較寬的中心大路，路兩邊林林總總的藥店首尾相連，粗略統計，竟有300多家。眾家藥店有縣政府、縣委、縣人大辦的，也有縣公安局、縣消防局、縣水利局辦的。仔細一算凡是在無極縣有名有姓的單位，都有一家甚至幾家藥鋪，這些藥店都在批發、零售各種西藥、中成藥一望無邊。五顏六色的藥品廣告，鋪天蓋地。堆到馬路上來的各種各樣的藥品箱，幾乎阻斷了交通。來自全國各地買藥者裝藥的大卡車、小卡車、麵包車、小拖車、三輪車進進出出，隨處停放，車牌有山東、山西、河南甚至廣東的。肩扛、手提的，顯然是附近的藥販子。那一片繁忙景象，真可繪成一張「無極販藥圖」了。對如此難得的情景，棄之豈不可惜？我們立刻端起攝像機，跪在車座上，鏡頭向外，開始了工

作。一個個藥鋪，一車車西藥、中成藥，一群群大大小小的藥販子都被攝入了鏡頭。

我們的攝像機，是當時最先進的索尼（Sony）500型20倍鏡頭，從車裡到藥鋪有15米之遠，貨架上的一切盡收眼底。好在外面的人都很忙，所以幾乎沒有人注意到這樣一個古怪的「依維克」。

由於車在動，不能停，細節很難拍下來，又不能肩扛攝像機直接衝上去，那樣危險太大，會招來橫禍。思來想去，沒有更好的辦法，只能相互掩護，下車偷拍。我們分了工，有人裝成操外地口音的藥販子，去砍價。

「依維克」車裡走出一男一女兩個年輕人，手中提著一個旅行包，直奔離他們最近的藥鋪。他們身上都藏著無線話筒，車裡的機子緊緊盯著他們的背影。藥鋪大門敞開著，只見他們走向櫃台，車裡的話機收到了他們的聲音。

女記者：「你先問吧。」

男記者：「你先問吧，我當提示。」

女記者：「我真不知道問什麼。」

男記者：「你是藥販子嘛。」

女記者：「我長這麼大，都不知道得病吃什麼藥。」

男記者：「你就問，有感冒沖劑嗎？」

女記者：「還有什麼？」

男記者：「牛黃解毒丸、止咳糖漿。噢，對了，還有山楂丸，這是治拉肚子的。」

女記者：「不對，這是治胃病的。」

坐在車裡的我們聽到他們的對話，都憋不住，笑成一團。

這兩個小記者走到了櫃台前，車裡的調音台又清清楚楚傳來了他們與藥鋪老闆的對話。

女記者：「老闆，有感冒沖劑嗎？」車裡偷拍的記者「哄」地一聲又都笑起來，負責偷拍的記者笑得連攝像機都端不穩了。

女記者：「有牛黃解毒丸嗎？」車內又是一陣哄笑。

藥店老闆：「有啊，要多少？」

女記者顯然打了一個磕絆，扭頭向男記者看去，男記者也沒什麼精神準備，愣了一下，說道：「有多少，要多少。」

這回該輪到老闆發呆了。因為看這兩個學生打扮的小年輕怎麼也想像不出會是買藥的「豪客」。

女記者倒也機智，對老闆說：「我們是要問一問價錢，合適了才買。」

藥店老闆一副狐疑的模樣，在算盤上撥了一個數。兩位記者都是

剛畢業不久的大學生，珠算都已經忘得差不多了，看了半天算盤卻答不上來。還是女記者反應得快，突然冒出一句：「你有三證嗎？」

「三證？」這回輪到店老闆糊塗了。

男記者馬上接過來說：「三證就是營業執照、經營許可證、上崗證。」

老闆搖了搖頭，答道：「沒有。」

車裡的人大鬆了一口氣，搞了半天，我們要的就是這兩個字。想不到就這樣被他們胡亂地問出來了。

兩名記者見目的已經達到，竟連招呼也沒打一個，扭身就走，轉向下一個藥鋪。鏡頭裡只剩下一個被搞得丈二和尚摸不著頭腦的藥鋪老闆的形象。

出師得利，兩名記者就這樣一路地問了下去，居然屢戰屢勝，幾乎走了半條街，竟沒有一個藥鋪能夠回答出有「三證」的。

在車裡的其他記者坐不住了，紛紛提議扮成「保鏢」，保護扛攝像機的偷拍記者直接上前拍攝。偷拍記者用一件襯衫蒙在攝像機上，隱藏在同伴身後，抱著不入虎穴焉得虎子的心態，拚命往藥販子堆裡扎，居然未被那些藥販看出。

偷拍記者直接拍下了藥店門前的各種藥品價格，這些藥價當然要比正宗藥店低得多了。另外，像國家明令禁止公開銷售的杜冷丁、大

麻等，在這裡也隨處可見。由於隱蔽在同伴身後，又未被發現，偷拍記者的膽子大起來了，不斷往前，拍下了許多珍貴的鏡頭，甚至連藥販討價還價的聲音也錄了下來。

然而，好景不長，正當偷拍記者無所顧忌，將偷拍快變成明目張膽的實拍時，圍上來五六個人，其中領頭的自稱是市場管理人員，厲聲喝問他們是幹什麼的？在這裡拍什麼？對這突如其來的喝問，他們為之一愣，不知誰想到《無極之路》專題片來，隨口說出：「我們是某某電視台的，來拍『無極之路』的續集。縣委的人帶我們來的，他現在有急事，一會就回來。」為首的人又懷疑地問：「既然你們來拍續集，為什麼還要把攝像機蒙上？」他們急忙回答：「天太熱，陽光不能直射機器，要不然彩色就會失真了。」聽他們如此說，那幫人的凶相變成了奴才相，點頭哈腰，客氣了幾句，帶著懷疑走開了。他們雖然出了點汗，好在素材拍了不少，足夠了，於是準備收拾傢伙上車。

這時，車上的人通過無線話筒向他們發出了第二個指示：買一批藥回來。幾名記者顯然是受到剛才暗訪成功的鼓舞，向藥店老闆問話和買藥時都顯得輕快了許多，不到一個小時，大旅行包裡已經裝了滿滿一包藥品。等他們回到車裡以後，汽車迅速開離藥品市場，在無極縣一處偏僻的角落停了下來。此時天已經快黑了，車裡很暗，為了能夠在無極現場拍攝這些假藥，所有的記者都下了車，圍成一個圈，以掩人耳目，攝像機對準圈內的藥品一通猛拍，等這一切都做好以後，

汽車再次返回藥品市場。這時的買賣比原來大多了，我們走進一個非常熱鬧的營業大廳，裡面熙熙攘攘擺了200多個攤位。經了解，這裡所有的攤點都共用一個營業執照，然而各自又是獨立經營、字型大小不同的，就像一家飯店領了執照後，一條街都跟著開起飯館一樣。一證多點、無照經營為假冒偽劣藥品大開了方便之門。

在沒有獲得充足資料的情況下，我們的採訪不能結束。在藥市，一位販藥的攤主見我們化裝為藥販子的人不斷問藥品的批發情況，便說：「這裡算什麼呀，去安國，安國比這裡大多了。」這倒是一個新情況。為了解真相，第二天一早，我們又驅車直抵安國。安國中藥材市場可謂全國聞名、歷史悠久。宋朝建的藥王廟，至今香火不絕。當我們來到現場，故技重演暗訪一番後才了解，原來中藥材價低、收益差，賣西藥則相反，價高且收益快，現在有許多藥廠以部分中成藥抵收購藥材的款，越積越多，最後只好辦市場做藥品買賣了。

在安國，我們看到很多藥店門口，堆放著大量被水浸透了的中成藥，就像一堆堆曬著的白薯乾，這個市場對藥品的管理可想而知。

我們的到來，驚動了安國市的領導，他們想請我們去談談，但他們到市場時，我們已走了。於是他們通知各個出市路口，想截住我們，還驅車想把我們追回來，可是一追十幾里不見蹤影，最後他們竟追到了中央電視台。就在他們急急火火尋找我們的時候，我們哪都沒去，就在安國市的一家飯館，津津有味地吃著餃子呢。

我們製作的《再訪無極》播出後，立刻引起強烈反響，河北省委、省政府反應迅速，立刻召開了會議，由主要領導負責，在不到一個星期的時間裡，便取締了整個無極藥品市場。

　　這是我們在CCTV電視新聞中，首次運用偷拍進行報導。這次偷拍可謂大獲成功。

「女秘書」差點露餡

這時一個人走過來，用懷疑的目光把我們一一掃過，然後說：「你們這樣的人見多了，誰知你們是不是探子！」

阿膠，是一種以驢皮為主要原料熬製成的中藥。由於它對人體具有獨特的滋補、治療作用，歷來為人們所喜愛。尤其是在我國南方，很多人都有長期服用阿膠用以強身健體的習慣。據說，過去有不少人家還把阿膠與灶王爺放到一起供奉，足見人們對阿膠的重視程度。

然而近幾年，在全國範圍內的中藥材市場，幾乎都出現了大量的價格十分便宜的假冒阿膠。其勢頭之猛，甚至要把真阿膠擠出藥材市場。

經調查，海南省的藥材市場上，假冒阿膠占90％以上。由於假阿膠的氾濫，許多消費者在服用之後出現了反胃、肚子痛等症狀。一位清華大學講師的70歲老母在服用假阿膠之後，得了腸梗阻，經過手術後才脫離危險。

市場上出現的這些假阿膠，經國家藥檢中心檢測，發現其中含有的重金屬和其他有害物質都超過國家藥典標準十幾倍。這些假阿膠的

成分，大都是嚴重污染環境的製革下腳料、廢棄的動物皮毛。

　　為了使假阿膠的顏色更像真貨，有些造假者甚至在假貨中摻雜進廢舊塑膠。消費者服用這種假阿膠就如同吃進一個塑膠袋，輕則在腸胃裡凝結成團，疼痛不止；重則造成腸壞死，有生命危險。

　　假阿膠的氾濫，不僅嚴重影響消費者健康，也使生產真阿膠的企業蒙受巨大損失。全國最大的阿膠生產企業——山東東阿阿膠廠1996年阿膠的銷售量比1995年下降了45%，利稅損失了1000多萬元。這些問題雖然已引起有關部門的注意，但是由於製售假阿膠的過程非常隱蔽，清查工作一直難以展開。

　　為了拿到製售假阿膠的第一手資料，也為了能夠真實地揭露這些造假者的嘴臉，我們中央電視台「質量萬里行」攝製組決定從假阿膠的源頭入手，對其製售窩點進行暗訪。

　　這天清晨，我們記者一行6人驅車從北京出發，前往河北省無極縣的一個製造假阿膠的村子。一路上，大家的心情七上八下，很不平靜。儘管我們認為已做了充分的準備，但像這樣的採訪誰也沒有經歷過。我們面對的將是些什麼人？我們能否採訪到需要的東西？甚至我們能否平安地從村裡離開？這些問題，我們心裡一點把握也沒有。

　　奔波幾小時後，我們終於到了這個村子。只見在公路主幹道一側，一條用水泥鋪成的小路伸向村裡，在這條長達1公里多的路上，鋪滿了臭氣熏天的破爛皮件。

在路邊，我們遇到兩個推車的農民，便停下來問：「這村裡有賣阿膠的嗎？」兩位農民對我們毫無戒備，用手指著村北面說：「有，有啊，那就是。」我們又問：「村裡做阿膠的多嗎？」農民回答：「多，家家都有哩！」

車剛一進村又停下來，我們當中一位操上海口音的記者向一群正在村口蓋房的農民問：「啥地方有阿膠買？」只這一問，這群農民立即圍了上來，一位農民把手一伸，問到：「誰買阿膠？你們把身份證掏出來看看。」

看身份證，這可是我們事先沒有料到的情況。我們說：「買阿膠為什麼要看身份證？又不是買飛機票。」

那位農民見我們不肯掏身份證，立刻臉一板：「沒有身份證，這裡沒有阿膠賣。你們是幹什麼的？」另一位農民見買賣沒成似乎有點不死心，對我們說：「有名片嗎？誰介紹你們來的？」我們忙說：「是從安國聽說的，沒有人介紹。」

這時一個人走了過來，用懷疑的目光把我們一一掃過，然後說：「你們這樣的人見多了，誰知你們是不是探子！」我們當中一位開車的記者說：「什麼探子？我們就是想買點阿膠。」一位村婦忽然說：「你們要多少？拿身份證看看再說。」又有人一聲喝：「誰說有阿膠？」

那村婦立時縮到了人群中。那人又轉頭衝我們的「司機」說：

「你們是幹什麼的？誰是老闆？」

這時我們身邊圍上來的人越來越多，有人在人群中叫著：「不讓他們走，扣下他們，查查他們是幹什麼的！」一些手持鐵鍬、棍棒的人開始向我們擁過來。我們一看情況不妙，連忙上了車，一踩油門，衝出了圍堵的人群。

車開出老遠，我們緊張的心情才平靜下來。一位記者說：「咱們差一點就被這幫人熬了『阿膠』。」

不成功的暗訪並沒有使我們失去信心，相反更激發了我們要一查到底的決心。我們又從周圍的村子了解到許多情況，從這次教訓中我們也獲得了一些啟發，看來我們還是低估了造假者的防範能力。我們自己也需要準備得更充分一些，例如應該多掌握些藥材經營知識。

我們從村裡出來後，立即趕到河北安國藥材批發市場。在一家藥材公司，老闆熱情地接待了我們。這家老闆告訴我們，阿膠在當地就有生產。我們詢問是否有山東東阿牌阿膠時，他說，有兩種，一種是

拍不碎的，這大都是假的，根本沒有什麼驢皮，都是牛皮、馬皮；還有一種可以拍碎的，是真貨，要貴一些。

　　我們立即買了一箱老闆推薦的「真正」的東阿牌阿膠，經山東東

阿阿膠廠的人驗證，仍然是假貨。這家企業的技術人員告訴我們，他們廠生產的阿膠每公斤要賣200多元錢，而我們在各地藥材市場上買到的打著他們牌子的阿膠，最貴也就60元錢，顯然不是真的。

　　隨後，我們又對西發一藥材市場進行暗訪，發現這裡販賣假阿膠的問題與安國藥市上的一樣，大部分都是假貨，而且藥攤的女老闆公開問我們：「要真貨還是要假貨，假貨便宜，20元1公斤，真貨60多元1公斤。」然而，她所謂的真貨其實還是假貨。當地藥販子向我們介紹，他們這裡賣的阿膠，大部分來自安國藥材市場，並告訴我們安徽亳州也有一個假冒阿膠的集散地。

　　一闖造假村雖然沒有拍攝到樣品，但行動還是有效果的。我們把了解到的情況向「全國打假辦公室」作了彙報，引起了他們的高度重視。「全國打假辦」會同公安部、衛生部、國家技術監督局和藥政局等部門召開了聯席會議，派出工作組到河北，向河北有關部門通報了

情況並組織打假。又是一段時間的周密準備。我們根據上次的經驗對有可能出現的問題做了相應的安排。同時，我們了解到，天熱以後阿膠的生產將停下來，再想找到造假的窩點只有等到入冬時節了。所以我們決定提前行動。

再闖造假村之前，我們聽說，上次我們離村後，村裡的高音喇叭廣播說：「近來，有一夥身份不明的北京人，來村裡買阿膠，今後凡是遇到這種人，首先一定要查明身份，並且要有我們熟悉的中間人介紹，決不允許讓買阿膠的人接近生產現場！」

據了解，這個村就是用鋪滿一路的爛皮子和一些皮革廠廢棄的製革下腳料熬製明膠，再加工成所謂「阿膠」的。這個村一年可生產假阿膠1000多噸，其產量相當於國內最大的阿膠生產廠家——山東東阿阿膠廠年產量的三分之一。這麼多的假阿膠流入市場，其危害是可想而知的。因此，一定要拿到他們造假的證據，配合有關部門，端掉這個製售假貨的窩點。

4月的天氣在河北農村就已顯得很熱了。為防止意外，上次進村的記者這次不便露面，只好作為另一路人馬，在造假村周圍邊調查暗訪邊做策應。在這次進村的記者中，我們特邀了一位操純正廣東口音的人充當大老闆，並配以一位女「秘書」。

我們在安國專門包租了一輛當地的計程車。當這輛車緩緩駛進造假村時，守候在村外的記者都揪緊了心。

這次進村，我們接受了上次的教訓，不在村口停留，直奔我們已探明的造假場地。車在村裡停下來時，由於是當地的牌照，沒有什麼人圍看，可是當我們一問「有沒有阿膠」時，立刻又圍上不少人，還是要身份證、問介紹人。由於事先有準備，幾位記者都持有外地身份證，毫不含糊地掏了出來遞給對方。可是他們還是對其中操著北京口音的「女秘書」起了疑心，有一人甚至說：「露餡了吧！你一定是女記者。」廣東「老闆」馬上用地道的廣東腔普通話說：「這是我的秘書啦。」村裡人又問：「廣東人怎麼用北京的秘書？」廣東「老闆」說：「我全國各地都去的啦，在北京有北京女秘書，在上海有上海女秘書，在其他地方也有其他地方的女秘書啦！」

一位西裝革履的人向我們要名片。當我們給他看過在安國的住宿旅

真的，假的是那一个。

店票據後，他們的疑心減弱了。

這樣的盤問足足持續了40分鐘。

等在外面的記者焦急萬分，不斷用手機向村裡「老闆」問詢情況，「老闆」泰然自若地用廣東話回答，儼然一副業務聯繫繁多的派頭。

村裡的藥販子和造假者終於開始相信我們了。那位西裝革履的藥販子把我們帶到村外一塊麥田邊，然後也掏出手機向外聯繫。過了一會，一個騎摩托車的人來到我們身邊停下，並從包裡拿出了兩盒假阿膠樣品。領我們到這裡的藥販子說：「外面說話不方便，到你們車裡談。」於是我們又都鑽到計程車裡，開始了假阿膠的交易。

「這裡阿膠怎麼買？」

「30元1公斤。」

「包裝有嗎？」

「有，什麼牌子的都有。一噸加包裝3000元，都是電腦打印的批號。」

「這種現貨有多少？」

「在安國有1噸，現在就可以提貨。」

「怎麼這裡沒有？」

「一般我們都不放在村裡。這裡常有工商、公安來查，所以我們的貨都放在外村，還有的一生產出來就拉到安國，那裡有我們的庫房。」

「能不能便宜點？」

「25元。」

「20元。」

「好，20。就這麼定了。」

回到北京，已是夜裡2點左右了，大家仍然處在暗訪成功的興奮之中。直到這時，我們才感到肚子咕咕叫，才想起來已經一整天沒吃飯了！

暗訪河北無極造假阿膠窩點的新聞在中央電視台播出後，河北省領導非常重視，新聞播出的第二天就採取行動，對這個村進行了大規模查抄，一個秘密經營達5年之久的假阿膠窩點，終於覆滅了。

第二章　我們不是秘密警察

形如鬼魅的盜者

此次「肉蛋」是小張。記者稱進入者為「肉蛋」。好在有線人的引領，否則，就小張那神情，如果沒有人掩護，不出10分鐘准被人看出破綻來。守假人員通過望遠鏡看著小張隨線人進了那小院。

2001年7月，根據線人提供的情報，在北京市郊有一個盜版光盤中轉站，這裡每天走（銷售）的盤最少也得有個幾千上萬張，而且主要是以軟件、遊戲和VCD、DVD為主，也有不少黃色光盤。但是，不法分子相當狡猾，窩點設在一個鬧市區的小旮旯裡面，一般生人無法接近。為獲得最準確的第一手資料，記者組決定先期踩點，然後再設法進入。

下午5點，記者在「線人」指引下來到了這個中轉站所在的鬧市，發現這裡居然是一個規模不小的菜市場，時間剛好是下班的人們買菜的時候，市場內人來人往，熱鬧非凡。記者看到三三兩兩行色匆匆的人沿著一條狹長的甬道進入一個小院內，出來的時候肩上的挎包變得鼓鼓囊囊。「線人」指著市場入口的一個公用電話攤告訴記者：「你看到了嗎？那個守電話攤的老太太是他媽，專門把風的。只要有

人來查，老太太立馬通風報信，裡面的人完全有時間將裡面的東西藏起來，一般來說，那個小院裡只放2000—3000張盤。你看到剛才推三輪車走的那人了嗎？那人是他內弟，專門運貨的。如果他老婆在家，他的大部分盤都會堆在家裡，成箱成箱的，一箱就是一萬張，每天晚上都有車往這裡送貨（盜版光盤）。」

點總算採好了，但如何接近卻成了大問題。「我跟你們說，如果你們貿然進去，肯定什麼也搞不到，搞不好還會打一頓，你看到沒有，外面那些攤主不是他親戚就是他哥們兒，這傢伙以前進過局子，是這一片的打架王，他還上過大學，學的就是電腦，後來是因為打斷同學三條肋骨才給開除的。」

一聽這個，確實心裡有點發毛，從目前的情況來看，對手不僅具有較高的智商，而且有很深的社會閱歷。分析雙方局勢，敵明我暗，但對方眼線極多，稍有不慎，露了餡可就在劫難逃。另外，如果發生衝突，敵方戰鬥力明顯超出我們許多，戰必敗，而且連逃脫的可能性都比較小，挨不挨打不說，關鍵是取不到最真實的畫面資料，這對電視記者是致命的。

同行的記者胃口更大：「最好能把他的進貨管道摸清楚，順藤摸瓜將這條黑鏈打斷。」

根據當時的情況分析，做到這一步真是難於上青天，一來我們沒有跟蹤手段，二來時間上也不允許。不過，我們還是設計了幾套方

案，比較可行的方案是反向跟蹤，即跟著前來送貨返空的車追蹤到其發貨點，再由發貨點追蹤到盜版生產點。但這一方案的致命弱點在於，如果不法分子不是自行運輸，而是臨時雇傭貨運公司的車那就有可能導致全盤皆輸。

再三考慮並經領導同意後，決定實施這一方案。但是，這一方案的實施前提是必須進入這個中轉站拍攝到可靠的第一手資料才行。如何進入呢？

記者與「線人」一再討論商量，認為這次拍攝到的資料並不一定要使用在新聞報導當中，而且即使用，也得等全部暗訪結束以後，時間跨度較大，且鏡頭中肯定不會出現「線人」的影音，不法分子絕對不會想到是「線人」帶來的人拍的。經過反復地做思想工作，「線人」最後答應幫忙，但只能帶攝像記者一人進入，並且要求記者越少說話越好，同時對後期的跟蹤暗訪表示愛莫能助。

當夜，暗訪小組不敢馬虎，對機器進行了反復檢查，確認無誤後將所有電器充好電，並帶上兩盤120分鐘的磁帶以防萬一。

諺云：「人算不如天算。」這句話套在此次暗訪行動中真是恰如其分。

在這種情況下，不管是進入的還是外部守候接應的人都不輕鬆，進入者冒著生命危險工作在最前沿，守候接應者心驚膽戰，一來擔心裡面一旦暴露導致機毀人傷，二來擔心能否有充分的能力設法將受困

人員、設備安全救出。這兩種角色，兩種滋味，都是一樣的恐慌。

此次「肉蛋」是小張。記者稱進入者爲「肉蛋」，取「肉彈」的諧音，既區別於恐怖分子所使用的帶炸彈的「肉彈」，又區別於以卵擊石的蛋，且兼顧二者之意。好在有「線人」的引領，否則，就小張那神情，如果沒有人掩護，不出10分鐘准被人看出破綻來。

守候人員通過望遠鏡看著小張隨線人進了那小院。

「李哥，怎麼樣，生意還行嗎？」

「還成，怎麼有空過來，隨便坐吧，我這會兒正忙，那邊有水，自己倒吧。」

因爲是熟人，那位被稱爲「李哥」的盜版光盤中轉商沒有任何懷疑。這倒方便了小張，只見他一手托著個水杯，在屋裡屋外轉了個遍。

「李哥，上次的98（WINDOWS）好些個不

靈，我那邊好些個老客戶都找我退換了，那麼多盤全砸手裡頭了，要不這次便宜點。」一個正在揀盤的商販開口說話。

「就你每次進的那點貨，每天200張都出不了，我還不清楚，少跟我來這個，就這個價，愛進不進，我跟你說，你全北京找去，上哪兒進這麼便宜的貨，你小子還跟我廢話。老規矩，大家都一樣，累計返點，你還照1塊8算，以後多了再說以後的事兒。老張，這次要多少，這兒新來了一批美國大片，你那邊不是賣得不錯嘛，聽說你現在都吃上大客戶了，整個兒就是一倒手的事兒，發了可得請哥幾個搓搓，不能全吞了。」

「哪裡，哪裡，剛開始。」被稱為老張的人面露喜色：「你不知道，打入那些高層寫字樓多不容易，成本高、成本高。」

「切，看你丫美的。孫哥，你這兒是1200（張），湊一整，算2000得了。」

正當小張心花怒放拍得過癮的時候，突然傳來一聲清脆的「滴滴」聲，小張當時真嚇呆了，只差沒尿褲子了，我的媽呀，也不知道是電池沒電還是卡帶子了，報警聲音雖然低，但那聲特怪，人對這聲兒一般都特敏感。好在「線上」人靈機一動：「切，就你丫那破手機，老沒電，真他媽的煩，扔了得了。」否則小張真可能變成大餡餃子了。

如此火爆的場面讓小張看得瞠目結舌，出門半天後還在跟守候人員描述裡面如何之火爆。「線人」一出門就叫苦不迭：「你們都拍著

了吧，打這往後就沒我事兒了，幹你們這玩藝可眞是玩命活，哥們兒服了。」

事已至此，如果單純通過公安等執法部門對這一窩點進行查抄意義不大，結果只能是撿了芝麻丟了西瓜，反而對不法分子起到了預警作用。經請示，領導指示不惜代價，務必將這條盜版黑線一舉拿下。

接下來的活就是租車、保養設備等等，別看這些事兒小，關鍵時候可是要命的，就拿機器來說吧，別看它個小，眞正被人搜身的時候包准一下就露餡。因此，如何保證在緊急情況下將設備迅速轉移，需要事先做好充分的準備。

兩天後，暗訪記者跟蹤組終於盯上了一輛前來送貨的車，據「線人」指認，這輛車經常來。一輛外表極普通的銀灰色依維柯，車主姓黃。

由於我們請的司機師傅曾經與我們合作，進行過跟蹤，所以雖然追蹤了近千公里，但一路並沒有被依維柯發現，倒是發現依維柯司機沿途拈花惹草。

在107國道某段，下午6點半，天剛擦黑，身著價值超不過30塊錢的廉價超短裙的路邊店女服務員，一聽到遠處有汽車駛來，立馬狀如瘋魔，拉低領口後如脫弦之箭一般飛奔路邊。一旦過往車輛減速，這些勇敢的女服務員們就會像電影裡面演的鐵道游擊隊員們一樣英勇地跳上車，扒著車門，用身體的某些突出部位不停地蹭司機的手，拋著

媚眼，抹著劣質大紅口紅的嘴裡發著嗲聲：「大哥，下來吃飯嘛，我們這兒挺好的，服務周到，什麼都有。」有的乾脆把裙子撩起來，露出「真空包裝」：「大哥，停車吃飯。」邊說還邊做下流手勢，讓人看著作嘔。這還不算，最噁心的是這幫村姑級大妞臉上化的妝。有一次，記者從一位拉客女厚厚的粉底上看到一根茁壯成長的硬鬍子茬。此事一經「車內瘋狂傳播」，當天晚餐費用開支節約了整整一半。說到這，記者們還真的不得不佩服那些過往司機驚人的心理素質，面對這些情形不僅不會犯噁心，而且個個臉不變色心不跳。記者跟蹤的依維柯司機顯然是個中高手，幾乎每次都是定點消費，和村姑們混得特熟，此君耗時最長的一頓中飯竟長達3小時。

第二天中午，依維柯開進了某市高新產業開發區的一間工廠。記者看到，這家企業雖然廠區不大，但門禁森嚴，圍牆上居然拉著鐵絲網。此時剛好是中午休息時間，下班的工人有的出廠購物的，記者以打工者的身份與一位看起來挺老成的工人套上了話。

「師傅，你們廠現在招工嗎？」

「不招了吧，好像都招滿了。」

「你們工資高不高，一月多少錢？」

「一般，七八百塊錢吧，但活還挺輕的。怎麼，找工作呀。」

「是呀，這不，來了好多天了，進不去廠，都快沒飯吃了，師

傅，能不能幫忙給介紹一下，你在廠裡面肯定能說上話。」

「我在廠裡面還行，經理跟我關係不錯，我試試，你待會在門口等著吧。」

「謝謝了，師傅貴姓。」

「我姓張。」

這位年輕工人經不住記者一大摞「高帽」功，面有得意之色答應幫忙。事實上，由於沿途追蹤，沒法正常洗漱整理，記者們看起來已經和普通民工沒什麼區別了。

不一會，張師傅從廠裡走出來，打了個手勢讓記者過去。張師傅跟門衛打了個招呼：「找工的，我跟何經理說了，讓他們進去看看。」

記者發現，這間小工廠的辦公樓和城裡公司的辦公樓差不多，裡面來來往往的員工也都著裝統一，掛著胸牌，看起來還真像是個正規企業。

「何經理，這就是我剛跟你說的那倆找工作的。」

「坐吧，你們倆以前都幹過什麼，懂電腦嗎？」

「我們倆以前幹過修電腦的活，懂點電腦，咱們這公司都是生產

什麼的呀。」

「主要是光電產品，像光碟之類的，如果懂電腦那就不複雜，但我們這兒工資可不高，一月500塊錢，管吃管住，有加班費，願意幹的話，明天就來廠裡辦手續，昨天剛好走了倆人，要不還真不想招人。」

這位年輕的經理揮揮手，讓記者們先出去了。

「張師傅，太謝謝你了，晚上我們哥倆請你吃飯，以後我們什麼都聽你的。」

「我說的沒錯吧，何經理對我特好。晚上吃飯下班再說吧，到時候如果廠裡有什麼事走不開還麻煩呢。」張師傅顯然對自己招到了兩個崇拜自己的工人比較滿意。

「張師傅，你平時都喜歡抽什麼菸？我們現在能到車間裡面看看嗎？」

「不用客氣，抽什麼都一樣，現在我就領你們看看去。」

「這邊是車間，裡面都是生產流水線，都是做光盤的，特快，一個班能壓3萬多，那邊是技術部，壓什麼內容都是他們搞的，那邊是倉庫。小孫，怎麼還沒去吃飯。」剛巧，倉庫門開著，有人正往外搬東西。

「沒有，一會他們要來出貨，我們幾個先給弄出來得了，讓一個

人看著，省得待會吃飯了又來叫人，麻煩，怎麼，新來的。」被叫做小孫的人說。

「是，剛來倆，明天就上班，我剛跟何經理說好的，待會都出什麼貨呀？」

「全是新版的電影，全是美國的大片，剛推出的，國內還沒有呢，怎麼，晚上過來看看。」

「成，我晚上找你吧，要不跟我們一塊吃飯得了。」

看來這位張師傅眞的在廠裡面混得不錯：「小孫是我老鄉，一個村的，這段時間活特多，都是一些外國片子，國內不讓進的，我們自己做。平時我們大多弄的是一些比較好賣的軟件什麼的。」

「那可有錢賺了。」

「那可不，這成本多低，都是塑膠片，全算上成本也到不了一塊一張，賣出去那利潤沒得說，但這設備貴，聽說一台都好幾十萬呢。」

記者手中的偷拍機眞實地記錄下了倉庫中堆積如山的各種盜版軟件、影音製品以及這家盜版企業的生產規模和生產情況。

晚上吃飯的時候，記者假裝已經通過朋友找到了另外一份工作，表示明天不去上工了，並一再向張師傅表示感謝。這樣做的目的是爲了避免引起不法企業的懷疑，導致其停止生產或轉移贓物。

在工廠內記者了解到，這裡盜版光盤的發售途徑主要有兩個：一是大銷售商自己來廠裡進貨，價格相對低一些；二是廠裡直接為銷售商送貨上門，這樣做需要承擔運輸風險，所以價格相對高得多。

在接下來的暗訪中，記者完整地偷拍到了盜版軟件從生產到銷售後流入社會的全過程。

由於此次的暗訪的過程一直沒有引起不法分子的懷疑，所以直到新聞播出時，不法分子仍在繼續生產和銷售盜版光盤。

記者暗訪結束後，迅速將這一情況彙報給了國家有關部委，有關領導指導，迅速進行嚴厲打擊。通過統一部署，涉案地區執法部門根據記者提供的情況，制定了多路統一出擊的方案，旨在同一時間內打不法分子一個措手不及。

一路記者隨同執法隊伍直接奔向生產企業，另一路記者隨執法部門對經銷窩點進行查抄。中午12點以前，暗訪記者跟隨的執法隊伍已經將生產企業秘密控制，單等「新聞30分」播出時採取統一行動。12點，隨著現場指揮員一聲令下，所有執法車輛立即從四面合圍了生產企業。

何經理在大幫工人的圍觀下顯得又驚又怒，但極力掩飾住自己內心的慌張：「為什麼查我們？」

「你自己看看新聞，看你們都幹了些什麼勾當，」執法人員冷冷

地說。

這時候，何經理認出記者就是曾經來找工作的工人，一下子就滿頭大汗，一句話也說不出來。

執法人員當場從該企業中查獲了大量的盜版光盤成品和空盤，生產車間的生產線上還在不停地生產盜版軟件。

這時，廠裡所有的工人都集中在廠區的空場上圍觀，記者看到一雙怨恨的眼睛，那是領我們進廠的張師傅。確實，張師傅只是一個普通工人，他並不能左右企業生產什麼，對他來說，這只是一個掙錢的工作，一個飯碗。但是，他沒有想到，正是他們生產的盜版光盤對知識產權所有者的勞動成果造成了巨大的傷害。

令人不可思議的是，在這個經濟並不發達的地區，一個原縣印刷廠的廠長依靠自己開辦的小印刷廠居然能開上「凌志400」，這就是非法盜版圖書創造的奇蹟。

一塊錢一杯的龍井茶，你敢喝嗎？

記者根據舉報來到這個小縣城。據調查了解，這個方圓不到2公里的小縣城裡，居然有著大大小小的印刷廠近100家。印刷企業成為當地的支柱產業、利稅大戶。而縣辦印刷廠卻由於經營不善，已經處於半倒閉狀態，一般工人每月僅能領到100來塊錢的生活費，而且不

能保證按時領取。

在當地調查時發現，這裡造假成風，除了大大小小的印刷廠瘋狂盜印圖書外，其他各種假冒偽劣產品也大行其道。夜間暗訪記者在當地轉了轉，在一家小茶館裡，記者被價目表嚇了一跳：

龍井：1元

毛尖：1元

雲霧茶：1元

碧螺春：1元5角

環顧四周，這裡既不像有三陪小姐的色情場所，也沒有虎背熊腰的彪形大漢，怎麼看也不像宰客的地方。於是，記者一行4人決定試試再說，叫了兩杯龍井，兩杯碧螺春。不想小姐還真煞有介事地拿著兩筒茶葉來給記者看，當著記者的面開始泡茶。

「這茶葉是真的嗎？」

「當然了，我們老闆說這可是真的。」

但等到記者一喝才發現，什麼龍井、碧螺春，全一個味兒，都是些普通紅茶或綠茶之類的東西。

「這地方已經造假成風了，幾乎所有的商品都有假貨，沒辦法了，我覺得都是這盜版書害的，把這兒的民風給搞壞了。」「線人」

憤憤地說，「我以前家裡窮，沒什麼文化，老實說，我初中都沒畢業，上過一年初中，家裡沒錢了也就不上了。當時也不知道這盜版書是違法的，人家跟我說了，那有什麼了，你自己掏的紙錢、油墨錢，自己印點書賣，犯什麼法。你想，那玩藝成本多低，以前我們弄的時候，利潤是七八倍。以前我們都是搞什麼世界名著，說實在的，那些東西別說我們看不懂了，就那上面的字都認不全乎。我早幾年就不幹了，因為我從電視上看的，知道盜版書是侵犯什麼知識版權（知識產權）的，那是人家的勞動成果，感覺自己和小偷差不多，就再也不幹了。現在這些人更不像話了，他們都敢印教材，那玩藝可是真把娃娃們給害了。最可惡的是蔣子龍他們（前面提到的原縣印刷廠廠長，現在開了好幾家印刷廠）那幾個廠，他們幹得可真是缺德，還分工幹，有的印世界名著，有的負責印國內外最新暢銷書，有的負責印教材，有的負責印那些黃書，反正是什麼來錢他幹什麼。」

為了準確拍攝到「線人」所提供的情況，記者決定設法與在當地盜版業務最大的蔣老闆接觸。為了打消對方的疑慮，暗訪記者不僅事先印好了「○○文化傳播公司圖書部經理的名片」，而且讓一位外地朋友的妻子守在自家的電話前，一旦有人打電話來詢問，就告訴對方「這是○○文化傳播公司」，如果對方再往下問，就說「我們公司的主要業務是做圖書和音像製品，下設有影視部，圖書部等部門」，如果對方再問「你們圖書部經理在嗎」，那就得回答：「我們圖書部的○經理出差去了，等他回來你再打電話過來聯繫。」如果對方一再追

問，就把我們在當地購買的神州行手機號告訴他們。如果非要找總經理，就讓她老公出面抵擋。

經過周密設計，又經過多次演練以後，暗訪組感覺沒有任何破綻，除非對方真的派人去當地調查，否則不可能露餡。

蔣老闆手下的業務員一聽說記者需要採購如此大數量的圖書，毫不猶豫地將蔣老闆的手機號告訴了記者。不巧的是，這位業務繁忙的蔣老闆剛好到鄰市洽談業務去了，接待我們的是他的內弟，蔣氏公司的副總經理。這對我們其實很有利，因為越是造假企業的高層管理者，防範意識越強，尤其像蔣老闆這樣的私人企業，警惕性會非常高。相對而言，中低層管理者容易被突破，因為企業利益並不是其切身利益，警惕性不會太高。

蔣老闆的內弟姓蘇，是個40來歲的中年人，穿著挺講究的。

聽說暗訪記者是大「客戶」，這位蘇經理不敢怠慢，親自出面接待。

「我們來是想進點書，我們自己有單子，你們照著這個印就行了，關鍵是質量和價錢。內容呢，我們來提供，你們這兒有電腦沒有，我們都存在磁盤裡面了。」

「那沒問題，我們的質量是最好的，價錢也比較合適，咱們好商量，提供內容那最好了，都不用排了，我們這兒自己也能排，質量你

絕對放心。」

在蔣氏公司的照排車間，記者看到，10台大屏幕排版用專業電腦一字排開，十幾位排版工人正忙得不亦樂乎。

「你們可以看看我們工人排版的水平，喏，這不正排著初中語文第三冊嗎，我們都是照著原書的樣子排的，一點也錯不了，我們這幾個錄入員很厲害，最少都是每分鐘200字的速度，而且出錯率特低，你們過來看，看看她打1000字能錯幾個。」蘇經理對自己手下的員工素質甚為得意。

「我們現在錯字率都控制在萬字7個以內，一般的出版社都沒這麼嚴格的。」一位據說是照排車間經理的人走過來介紹，「我們以前都是縣印刷廠的老職工，現在的標準比以前高多了。」

「那邊是我們的紙庫，裡面什麼紙都有，到時候用什麼紙我們都簽在合同裡行不行？」順著蘇經理的手，記者看到，3輛運紙車正在卸貨：「現在是淡季，前段時間查得比較嚴，好多客戶都不敢來了。我們的庫房大，能存放1000來噸紙。」

「你們的規模不小嘛，是不是什麼都可以印。」

「規模那沒得說，我們這兒就我們規模最大，什麼都印，你要是想印口袋書也可以，我待會帶你們看看去，只要不是法輪功的書，什麼都敢印，法輪功可不敢沾，那要讓逮著了，可是掉腦袋的事兒，對

不對，政府的事兒咱們可惹不起，做生意嘛，掙錢就行。」

「這是我們最小的車間了，專門給那些小客戶做的，數量都不大。」蘇老闆帶著記者來到一個印刷車間。記者看到，四台小型印刷機正發著轟鳴聲，工人們正忙著印刷。「這就是剛才說的那個口袋書，印這玩藝特麻煩，這不，這是一個江蘇老闆剛來訂的，數量太少，才10000本，但都是老客戶了，不能不做呀。」

記者把一頁剛印好的內容拿過來一看，裡面盡是不堪入目的性描寫和插圖。「這玩藝好賣，利潤高，你看，從我們這兒出去也就1塊多錢，他一轉身就4、 5塊，你們看看，這印刷質量怎麼樣，沒得說，和市面上的書一模一樣。」

在一間大廠房內，二三十名工人正忙得滿頭大汗。「這是專門印教材的車間，你看那設備沒有，縣印刷廠都沒這設備，100多萬一台，膠印的，速度快，我們這兒就兩個車間最先進，除了這兒，還有印暢銷書那個車間。不花點本錢不行，現在暢銷書太多，一會兒美國的，一會兒又是什麼英國的、日本的，太多了，設備不好可真趕不上時間。其實，我覺得，這盜版也是好事嘛，真的，如果沒有盜版書，那麼多的書誰買得起，現在正版書動不動就是幾十塊錢一本，一套《二十四史》我去市場上看過，天！1800多塊錢一套，你知道我們這兒出去的都多少錢一套嗎，100（元）都到不了。我姐夫說了，我們幹的這個真的是對文化傳播起很大作用的，當然，對那些寫書的人來

說是虧點，但你想，如果都是正版的，有多少人會掏那麼多錢看你寫的什麼東西，我們這麼一搞，看的人更多了，不是更出名嘛，我覺得這是好事，大家都有好處。」

記者禁不住面面相覷，在這些盜版者的嘴裡，盜版好像為近年來中國文化的普及立了汗馬功勞似的。記者以等蔣老闆回來再最後拍板為由，回到了住的賓館。

當天，記者就與當地執法部門取得了聯繫。為了穩妥起見，暗訪小組商定暫時不透露具體要求查處的企業，而是表示要對當地盜版圖書市場進行調查，絕口不提生產企業的事情。

盜版圖書市場是當地經濟的命根子。中央電視台記者來當地採訪的情況立即被報告到當地最高層那裡，當天下午，正在外地開會的縣裡領導匆匆趕了回來，約見了記者。

「辛苦辛苦，你們來的時候怎麼也不打個招呼，我們好接待接待，我們宣傳部門是專門為媒體提供方便的，都是一家人嘛。」當地縣宣傳部長果然是個交際能手，上來就擺出一副笑面虎的架式，「這是陳書記，這是主管文化教育的李（副）縣長。」一陣寒喧之後，賓主雙方各懷心思，但都擺出一副推心置腹的樣子。

「幾位大記者這次來，主要想了解什麼情況，這兒條件差，要不住到縣委招待所去，那裡條件比這稍微好一點。」

「不用客氣，我們這次來，主要是有群眾舉報你們這兒的圖書市場，我們也看了看，盜版圖書確實多，批發市場的規模還真不小。」

「這情況我們都知道，我們進行過多次打擊，但就是打不絕，過不了多長時間，不法分子又鋌而走險。我們縣委專門成立了打擊盜版圖書的專項整治小組，陳書記是組長，我是副組長。小李，你把我們整治工作的材料給記者拿幾份。這都是我們每次整頓後的總結材料，我們的打擊力度一直都很大。」

「我們縣委縣政府很重視打擊盜版圖書的工作，這不，現在對知識產權保護問題很敏感，入世了，更要加強知識產權保護，我們做了不少工作，包括向群眾宣傳知識產權保護法等，但有些不法分子還是敢幹，我們一定會加大打擊力度。今天晚上我們縣裡領導開個會，部署一下明天在全縣範圍內進行一次專項整治。」

事實上，根據記者調查到的情況，當地有關部門根本就沒有對盜版圖書市場採取過任何有力措施，每次無非就是在事先通知不法分子收斂一點的同時在市場內張貼幾張告事了事，不少當地官員本身就參與了盜版。縣裡的主要領導基本都以自己親戚或家屬的名義開有非法印刷廠，有的則是與人合資參股。有的則是收取各種名目的保護費，縣公安局的個別領導甚至戴上勞力士手錶，擁有裝飾豪華的數層豪宅，有的幹部家裡擁有好幾輛私家車。但這些情況，在目前的環境下，很難真實地在新聞中體現，最多也只能一帶而過。

當天晚上，當地政府安排了非常奢侈的晚餐，一位記者親耳聽到縣有關領導對縣宣傳部的有關人員這樣交待：「不管怎樣，你們的責任就是先把他們喝趴下，接下來才好辦，記住了，一定要讓他們喝個夠。」

當然，暗訪記者組的同志都是身經百戰的老幹將了，以台裡有規定：在工作期間不能喝酒而且確實平時也不會喝酒爲由堅持滴酒未沾。結果是，不管對方使出什麼招數，暗訪記者組的同志只是保持微笑，一滴酒也沒喝。於是只好改讓記者喝飲料。期間，原來一直陪同的縣領導以各種藉口一個個離開了，只留下宣傳部的兩位同志。

飯後，負責招待的同志力邀記者們去卡拉OK廳唱歌，正在推辭過程中，一位記者明顯感覺有點不對頭，發現自己雙頰飛紅，情緒有些失控，幾乎要突破自己的道德防線。很明顯，這肯定是催情藥品的作用。這招太損了，但是，記者們也沒有任何證據能證明有人在飲料中做了手腳。但這一招的目的很明確，那就是引誘去涉黃場所，讓記者們自亂本性後再以此作爲要脅資本，迫使記者就範。此前，記者只是聽說或者在開玩笑過程中想起過這種行爲，沒想到這些人竟無恥到了這種地步。

於是，記者們堅決要回自己房間休息。回到房間後，四人集中在一個房間內，這樣做的目的是爲了防止個人失去控制後尚有群體控制能力，避免上當。這是一個極端難熬的夜晚，暗訪組的所有人員基本

上都是一夜沒合眼，唯一的解救辦法就是沖涼水澡，最多的一位同志沖了8次涼水澡才基本上控制住自己的情緒。現在想起這種情況來仍十分害怕。這樣一來，暗訪組的決心倒被最大程度地激發起來。

第二天一大早，當地政府果然動用了公安、工商、技監、文化等多個部門的執法大隊，煞有介事地領著記者前往當地臭名昭著的盜版圖書批發市場。令這些官員想不到的尷尬場面出現了：前一天還十分紅火的市場竟然空無一人。顯然，昨天晚上的縣委有關領導會議的內容早就準確地傳達到了不法分子的耳朵裡，誰也不想成為「殺一儆百」的替罪羊。

到場的有關領導漲紅了臉對著下屬大聲地呵斥，顯然已經掛不住面子。

「我們的執法人員前兩天剛摸準了一家盜版企業，乾脆今天就把盜版的老窩端了，徹底打掉盜版的源頭。」經過簡短的商量後，當地有關領導決定丟車保帥。

於是，大隊人馬浩浩蕩蕩地開往縣郊的一個非法印刷廠。沒想到，從決定端這個窩點到大隊人馬封門這短短的半個小時之內，這家企業的老闆已經接到消息，迅速疏散了所有正在上班的工人，關掉了機器，鎖掉了所有庫房，並將大部分已經印刷好的盜版圖書轉移。當執法人員進入這家企業後，發現生產車間的印刷機還熱得燙手，地上一片狼藉，整個廠區就像水洗過一樣的乾淨，只有看門的老頭拿著鑰

匙不急不躁地在執法人員的催促下打開了一間間空曠的廠房。而據記者了解，這家企業剛開業不到3個月，平時有近20名員工吃住在廠裡，但現在除了空蕩蕩的床架，什麼也沒有。在廠區內的廚房裡，記者看到來不及洗涮的餐具凌亂地堆放著。

記者假裝當著縣裡有關領導的面接了個電話，然後直接告訴他：「我們剛剛接到一個群眾舉報的電話，有家企業還在生產，不如我們直接去看看，舉報人會通知我們行車路線。」事已至此，有關領導覺得這也是個台階，雖然老大不情願，但也只好同意。執法大隊在記者的引領下直接殺進了蔣氏公司，這裡的情景和剛才看到的大不一樣：所有的機器仍在轟鳴，工人們正手忙腳亂地幹活，大量盜版圖書正從生產線上如水流下。蔣老闆剛好還在廠裡面等著昨天來談過生意的大客戶跟他談價錢呢。

雖然，查抄當時，執法人員對蔣氏公司進行了查封但是，當天晚上，記者突然殺個回馬槍，卻發現這家企業已經照常生產了，上午貼上的封條已經被清理得乾乾淨淨。記者以客商的名義再次致電蔣氏公司，接電話的正是那位蘇經理。

「蘇經理，你們那兒出什麼事了，我們上午本來要去的，剛到廠門口就看到好些輛公安的車在那裡，是不是你們出事了。看來你們這兒真是不安全，這生意可怎麼談呀。」

「沒事，沒事，上午那是縣裡的執法隊來查來著，聽說是中央來

了人，剛好看到我們在幹活。沒事，縣裡那幫人都是朋友，只是做個樣子給人看的，你們什麼時候過來談呀，我們蔣老闆可等著你們呢。」

「再說吧，我們回去跟老闆再合計合計，我們可不願意冒風險。」

「行，行，行，那我等你們消息。」

第二天一大早，記者又來到當地的盜版圖書批發市場，發現這裡生意紅火如初，絲毫沒有任何影響。我們的偷拍機拍到了一對商販的對話。

「聽說昨天不是來查了嗎？今天沒事了？」

「嗨，沒事，昨天是縣裡突然檢查了一下，那都是糊差事，過去就沒事了，不過這陣子可能真得管幾天，還是避避風頭好。」

哦，原來如此！

揭開麥X勞「毒油」黑幕

「更多選擇、更多歡笑，就在麥X勞。」這句廣告歌讓麥X勞的宣傳深入人心。但是《記者隱身驚曝麥X勞「毒油」黑幕》一經披露，引起了眾多媒體和公眾的極大關注。

機會終於來了，2月14日晚上8點30分，我在一家麥X勞餐廳裡，一邊吃東西一邊觀察拾荒者在麥X勞店內的動態。拾荒者在店中睡覺→走動→進食品操作間接觸食品餐具的鏡頭，隨著我屢次進出，買薯條、雞塊等均被記錄在機器裡。此時的拍攝非常輕鬆，也沒有人懷疑我。

麥X勞11點鐘打烊的時間到了，來購物的人稀稀拉拉，而且買好了就直接拿走，根本沒有人坐在店裡吃。我還坐在店裡一邊吃一邊慢慢拖時間。怎麼辦？我以什麼樣的理由留下來呢？

我緊貼著麥X勞的玻璃櫥窗處站著，當店內員工忙忙碌碌地做清潔、幹活時，並沒有人理我，可過了一會兒，一位男員工出來問我：「你站在我們這裡幹什麼？」我連忙向他解釋我在等家裡人。「你為什麼非要在這個地方等呢？」一位穿白色襯衣的值班經理奇怪地問

我。我滿臉堆笑地解釋：「小孩每次回爺爺奶奶家都喜歡到麥X勞來吃、來玩，我老婆可能對這兒熟一點，我說好了在這裡接她的。我父母的家在郊區，接到以後還要打的走半個多小時，如果就在市區我就直接讓她自己回來了，關鍵是他們車在高速公路壞了，又帶著一個3歲的小孩。」面對我的解釋，值班經理有點同情起來。天公也作「美」，那晚特別冷，風刮得厲害，還飄著冷雨，本來就有點感冒的我，在風雨裡大聲地咳嗽著(這可不是裝出來的)。值班經理終於說：「你可以到裡面坐一下，但不要影響我們做事。」

我的虛擬故事終於奏效了，值班經理的恩准，把我樂壞了。

麥X勞店中十幾個員工都穿著短襯衣光著膀子在幹活，拾荒者在掀「兒童樂園」處的髒地毯，一堆堆送到門口刷洗，一會兒又從貯藏間裡向食品車間裡搬貨物。我的針孔攝像機一直開著，尋找著我所感興趣的「焦點」。

突然，我發現有幾個工作人員提著紙盒和一些冰塊往麥X勞門口走。我馬上意識到這應該是我需要的珍貴鏡頭。我迅速地將手提包裡的鏡頭對準了他們，然後又一邊打手機一邊自然地向他們這邊靠近。

當我找到了最好位置的時候，我就眼看著其他地方，任憑手中的針孔攝像機一幀一幀地把它們記錄在案，我握著攝像機包的手，能真切細微地感覺到磁頭捲動磁帶的振動。我興奮得手心都出汗了。我知道我是在記錄麥X勞售賣毒油的歷史鏡頭，這是獨家的第一手資料。

就在我的針孔攝像機鏡頭下：麥X勞的員工先拿一些冰塊放在門口的大塑膠袋裡，然後將塑膠袋放入一個大概有0.08立方米的包裝盒中，這就成了一個簡易的容器，麥X勞的門口一下子就形成了十幾個這樣的容器。接著，麥X勞的幾名男員工開始從廳堂內提出一桶桶黑色的渾濁的油倒入其中，一個容器裡要倒四、五桶才能裝滿。幾個員工來回穿梭，顯得非常熟練，很顯然，這種夜幕下的操作已經有很長時間了。大概一個小時左右，這些油就被凝固成了深黃色的塊狀，然後從包裝盒中提出來，就成了「袋裝毒油」。

當又一名麥X勞員工提著冰塊出來的時候，我走到他面前假裝好奇地問：「這些冰塊是幹什麼的？」「凍油的，把油凍倒一起。」工作人員一邊回答，一邊「嘩」的一聲將冰塊倒入黑色塑膠袋中，我近距離拍下了他的這套動作。真巧，有一部分冰塊滑落到地上

了，我一邊將攝像包湊上去，一邊用手抓了一把冰塊在手中展開，這時的針孔攝像機幾乎可以和被拍物件「親吻」了。

2月14日的這次偷拍，不僅拍攝到了麥X勞員工將毒油製成塊狀的全過程，而且拍到了麥X勞員工將這些塊狀毒油幫拾荒者抬到板車上拖走的過程。特別令人欣喜的是，我通過與拾荒者幾個小時的拉家常說閒話，採訪實錄了幾個關鍵的內容：拾荒者與麥X勞之間的毒油交易已經有兩年多時間了，拾荒者為了得到這些毒油，除了每月給麥X勞店經理幾百元錢外，還要每天做大量的體力勞動，實際上拾荒者為了得到麥X勞的毒油每月至少付出了1500元的代價。拾荒者將這些費錢費力得來的廢棄毒油，又低價轉賣給一些餐廳和養豬戶。對於這些，麥X勞的工作人員心知肚明，但根本不管拾荒者如何處理這些廢棄毒油。

在2月14日這天晚上，我總共拍了4個多小時的數碼帶，直到2月15日清晨5點鐘才離開麥X勞。

應該說2月14日這次的偷拍，在整個麥X勞「毒油事件」的拍攝中，所占的地位舉足輕重，它讓遵循「用事實說話」的報導原則得到了最完美的表現與展示。

我認為，這一次的偷拍行動，是我迄今為止從事新聞採訪工作中最精彩絕倫的一次。

假菸「金三角」

雲南有一現代民謠：「要掙錢，去搶菸。」此話有一定道理。以目前的價位而言，一車名牌香菸的價值和一車拾元面值的人民幣相差無幾。但天下還有另一種和菸草有關的行業來錢更快，那就是一本萬利的「假菸製造業」。

據專業人士統計，由於根本不須經過國家稅收等手續，製造假菸的利潤率高達500%，比販毒還高！據知情人介紹，造假分子的工廠和正規企業幾乎一樣：機器是從菸草機械廠購買的將要淘汰的中小型菸機；由於全國各菸草基地都生產過剩，菸草可以用極低的價錢從菸民手裡購買；安裝調試設備的技術人員是高價聘請的業內人士；幹活的廉價勞動力在農村裡多的是；而在星羅棋佈的小印刷廠裡，什麼牌子的香菸包裝都可以仿製出來，絕對能做到金玉其表，讓人滿意。造假者還有更多絕招，就連已經發黴腐爛的菸葉，被噴上黃色染料後也能搖身變成金燦燦的菸絲！據統計，僅紅塔山品牌97年一年的利潤就有一半被假冒貨搶走，廠商一年被迫用於打假的資金高達上億元！

正因為製造假菸有如此巨額的利潤，造假分子不惜一切要「保護」

他們的非法利益，近幾年由於
國家打假力度的不斷加強，他
們的防範措施也達到了近乎瘋
狂的程度：在人跡罕至的山間
建造企業；在公路上設置鐵釘
阻攔檢查人員；利用地面掩體
挖掘修建地下工廠；甚至於晚

上把水池抽乾，放上機器製菸，白天再充滿水恢復原樣。更令人髮指
的是，利令智昏的造假者還會對一切危害他們的來訪者進行人身傷
害！自古「天高皇帝遠」的福建省雲霄縣就藏著無數個這樣的地下
「假菸製造工廠」。按說這該是記者們最「嚮往」的地方，但要去造假
村採訪，可以想像，如果沒有知情人指點，別說拍片子，弄不好還會
有生命危險。

　　1997年初夏，我們和國家質量技術監督局有關領導秘密商議，計
畫和多年合作、誠實有信的「線人」聯繫，以最少的人打一次打假的
「前鋒戰役」，一旦抓住有力的證據，就立刻「曝光」，先以輿論監督
的強大氣勢壓倒造假者，同時也保障大規模的行動有證據在手，不致
撲空。

　　我們兩個記者，帶著偷拍機，裝扮成普通遊客的樣子，下了飛機
上汽車，一路馬不停蹄直奔雲霄，在一所小旅館裡，我們終於見到了
「線人」。

「線人」是典型的當地人，一眼看上去樸實憨厚，但一接觸，我們才發現他極有心計。他的公開身份是什麼，我們不便細問。在詳細分析情況之後，他向我們介紹了幾種基本的進村方式。

第一種方式是裝扮成菸販子，大大咧咧進村去，聲稱要買菸。這種方式在前幾年還可以用，現在早不行了。如果你提出要買菸，造假者會裝出極老實的樣子，告訴你這裡沒有菸，然後堵住你的路，多方盤問檢查，直至聚集來很多的人，把你問得啞口無言，或者將你嚇跑。因為造假者現在早已有了自己熟悉的、保密的銷售管道。生產、運輸、銷售一條龍，每天都在祕密進行，不允許任何外人插手。小的利益衝不破他們的防範，除非你攜了鉅款，當時能交上訂金，才可能套出他們的真話。這種方式一般是不可取的。

第二種方式，是裝扮成與香菸無關的各種身份，去找人或走街串巷做小生意等。這種方式雖然不易被發現，但也很難發現線索。找人總不能到處亂走，做生意也不能反復在巷子裡轉悠。提心吊膽地四處找尋可疑的蛛絲馬跡，還要不斷應付突然冒出來的村民的盤問，還要屏住呼吸，分辨埋在地下菸機工作的響動。沒有豐富的經驗，往往在村子裡空轉一圈，一無所獲，又不敢滯留，只好灰溜溜地悄悄離開。

第三種方式，是利用村子裡造假者之間的矛盾，通過極隱祕的方式，從矛盾的一方探聽另一方的情況。造假者之間也有矛盾，在競爭中他們是互相拆台的。矛盾的雙方都希望利用政府的力量將對方打

掉，既消滅了對手，又給打假者一種假像，以爲該村的造假者已經被剷除。所以供出對方，其實是一種保護自己的巧妙方式。但是，因爲彼此之間有著共同的利益，而且同村人之間有嚴格的協定，誰出賣了任何有關造假的情報，全村都會群起而攻之。因此，這種方法也很難實施。

最後一種方式，就是像特工一樣，夜深人靜時，貓著腰，偷偷溜進村子，尋找目標。

反復斟酌後，我們決定採用最後一種方式進村，第二種方式，作爲備用案。也就是說，如果萬一突然碰上村民，我們就立刻挺直身子，扮成進村找醫生的村民，藉口是家裡有女人生孩子，半夜難產，要找醫生急救。所有的話都由操當地口音的「線人」去說，記者千萬不能開口。這是「線人」爲我們設計的方案。事後分析，這個「線人」可能就是該村或者鄰村的人，不然，家裡女人生孩子，要找醫生之類的話就無從說起了。這樣，等於說我們也同時採用了第三種方式，就是利用了村民之間的矛盾，從內線突破。

後來，我們進村之後，根據「線人」教我們的方式分辨造假者，其中幾戶顯然有問題的，「線人」卻帶著我們繞開了。看來，我們只能打擊一部分，不可能全部打擊。這中間的問題，我們不便挑明，因爲這些「線人」的底細，我們一點也不知道，只是被提供了聯繫方式後，就直接與他們「單線聯繫」。我們後來又聽說企業重金獎勵提供

造假線索的「線人」，「線人」幫助找到一台菸機，根據不同大小，獎勵人民幣2—6萬元。估計我們那位「線人」得到的獎勵將近30萬。他所提供的線索，查出了四台大型菸機。不知道「線人」是不是爲了這筆重獎而冒此風險的。

與「線人」談話到深夜，我們已經疲憊不堪。但是，夜長夢多，事情如果拖到明天，可能就會走漏風聲。而一旦村裡設下了天羅地網，我們再去偷拍，可以想像會發生什麼結果，被打死？被活埋？絕不是開玩笑，在這裡，什麼事情都可能發生。

念及此，我們只好強打精神，一口氣吞下好多巧克力，給偷拍機也充足了電，又換上了「線人」早爲我們準備好的衣裳，一副當地人模樣，收拾停當之後，我們一行三人貓著腰進村了。這時已是凌晨兩點。

初夏的夜晚，南方的天氣已很燥熱，加上我們心裡緊張，沒進村就已汗流浹背。走進村子，才發現這個據說原來極貧窮的小村鎮，現在富得流油，一條街兩邊全是裝修得像模像樣的二、三層小樓，一兩盞路燈發著昏暗的光，有的小樓上居然也有燈光亮著。農村人一般不會熬夜到這麼晚。難道村裡已有所防備？正擔心著，突然一戶家裡暴發出狗的狂叫聲。我們嚇了一跳，立刻拔腿就走。好在村子裡養狗的人似乎並不多，我們還不致於無路可走。

我們繞開有燈光的地方，聽到狗叫聲就回頭，偷偷摸進一條漆黑

的小巷。「線人」非常機敏，個子不高，步子挺快，走起路來像貓一樣無聲無息，帶著我們從一條巷子拐進了另一條巷子。不一會兒工夫，我們來到一座小房子前。藉著月光，可以看清房子外有變壓器，順著「線人」的手指，我們看見一條很粗的動力用電線，通到了一戶人家裡。

據「線人」介紹，找到秘密地下工廠方法之一，就是順著電線來查。一般家庭，通一根很細的照明線就夠用，只有家裡安裝大型設備的，才會通一根極粗的動力線。這根動力線，可能會串聯著好幾家地下工廠，其間的線路非常隱秘，從變壓器那裡拉出去的那根起始線，總會露出馬腳。順藤才能摸瓜，所以，「線人」帶我們直接來到這裡。我們不禁驚歎於「線人」的智慧，也許這是他花了不知多少時間才琢磨出來的。

看來這位「線人」已經是這一行業的「老地下黨」了。

我們打開偷拍機，藉著月光，拍攝了變壓器，又順著那根很粗的電線搖過去，搖到了一家住戶旁的小柴房。這麼小的房子，怎麼裝得下造菸的大傢伙？我們對視一眼，滿臉狐疑，四周一片黑暗，我們大膽地打開小手電筒，繞著小柴房走了一圈，找到一扇破門，透過門縫

用小手電筒向裡一照，全是破舊的工具，還有些亂七八糟的柴草，看樣子似乎多日不見人煙。因為光線太暗，我們也無法進行拍攝。此時，只見「線人」東看看，西聽聽，然後指著柴房下邊低聲說：「就在下面，正在幹！」

據「線人」說，造假者為了掩人耳目，都把地下工廠建在不起眼的小柴房、豬圈、小倉庫之類的破爛建築下面。表面來看，除了有經驗的「線人」能發現動力電線通入小破房的破綻而外，什麼可疑的跡象也沒有。誰也想像不到，就在我們腳下幾米深處，正是燈火通明，機聲隆隆，一根根假冒的「紅塔山」被製造出來，很快就會通過秘密的銷售網路，堂而皇之地走上全國各地的大大小小的商店櫃台，被吸入頗有點檔次的消費者肺中。

「線人」領頭，我們躡手躡腳地溜進一個狹窄的小巷，兩面的建築遮住了月光，小巷裡黑洞洞的，又凹凸不平，很難走。好在我們在黑暗中待久了，漸漸適應了暗光線，可以分辨道路。這個小巷最多可容兩個人擦身而過，越往小巷深處走，我們就越擔心，腦子裡擋不住胡思亂想。萬一造假者發現了我們，萬一他們從兩頭堵住我們，萬一……想著想著，背上又多了一層冷汗。

「線人」卻堅持往裡走，突然，他又停了下來探頭探腦聽聲音。這種小巷裡還會有菸機？那麼大的設備怎麼運進來？我們怎麼都不相信。可「線人」堅持說他聽到了菸機工作的聲音。我們靜下來仔細一

聽，眞的，一種類似於進入蜂房的感覺，隱隱約約的聲音不知從何處傳來。兩邊的房子卻都黑著燈，沒有半點動靜。只見「線人」像排雷兵一樣，來回走動，終於確定下來，指著一個大門裡頭說：「就在院子裡那間房子下面。」爲了，讓我們確信他體會到的震顫，「線人」捏了一小撮土粒，放在那家人的外窗戶木框上，借著我們那支小手電筒的光亮，可以清楚地看見放在窗框上的小土粒在抖動，千眞萬確，菸機就在這下面。我們很激動，不光是因爲探出了隱藏得這麼深的菸機，更爲「線人」的高妙招術。

望著窗框上振動的土粒，我們有一種不詳之感，看不見的危險似乎就潛伏在黑夜的四周，何況這兒又拍不著什麼東西。不宜久留，我們扭頭溜出了小巷子。剛一出巷口，不料就看見兩個人影，迎面正向我們走來。我們一下子傻了，頓時頭皮發麻、熱血上湧、腦子麻木，怎麼一下子就撞到人家懷裡了？！只悔不該在這個倒楣的小巷裡逗留太久，果然被發現了，剛才要是再慢一步，就恰好被堵在小巷裡，被人幾悶棍打死，拖進地下工廠，在某個角落裡挖個坑埋掉，從此沒有任何人知道我們的蹤影，中央電視台兩位記者，還有一位深藏不露的神奇「線人」，連同我們價值幾十萬的高級偷拍設備，連同黑夜被深埋地下，永遠消失了！

還是「線人」鎭定，只見他挺起腰，假裝急匆匆地主動迎上去和那兩個黑影搭話：「張醫生家在哪兒？」

「線人」一句問話使我們記起了第二套方案。我們立刻意識到我們三人的身份和任務：我們是出來找醫生的，家裡有女人生孩子，難產！

那倆黑影看來並不知道我們的真實目的，似乎覺得我們這三個人全是笨蛋，老婆生孩子不早準備，這會兒才黑燈瞎火到處亂撞，跑到這個地方來找張醫生。他們給我們指了張醫生家的方向，又嘟噥了幾句，走了。

我們出了一身冷汗，再也不敢冒然在村子中間瞎撞，只好朝著人家指的張醫生家的方向一直走過去，慢慢變成一溜小跑。萬一在張醫生家附近再問這樣的話，後邊的戲就不好演了。如果我們真的不得不當人家的面叫起張醫生了，又將張醫生帶到何處呢？而且，萬一再碰到剛才碰上的人，我們就無法解釋了。

「三十六計，走為上策」，我們三個「特工」野狼般溜出了村。

黑夜中，沒有一絲風，藉著依稀的月光，可以看見村外有一垃圾場，臭氣熏天。但我們知道這是最安全的地方。在這個時候，絕對不會有人到這裡來的，我們可以在此喘息片刻，商量一下對策。

垃圾場旁邊有一廢棄的小茅棚，不知是幹什麼用的。我們走到茅棚邊，正準備蹲下來。突然，「線人」像警犬一樣，似乎嗅出了什麼。只見他湊近茅棚仔細地聽了一會兒，然後走到我們身邊壓低聲音說：「這下面有菸機。」

我們倆真是吃了一驚，這樣的地方，怎麼會呢？除了不遠處有兩三家住戶的房屋，別的什麼也沒有。再遠處似乎是一片水塘，在月光下泛著白光，但這必然是個臭水塘，只有蚊蟲以此為家，半夜裡也可能有野狼來此找尋誰家扔下的死狗豬，但除此之外，我們實在想像不出還有什麼活物會來這裡了。不過，轉念一想，也許恰恰因為這一特點，才會被造假者看中。但是，我們找不到通往這裡的動力電線，除了聲音，沒有任何其他跡象，而聲音卻又有點似有若無。但「線人」非常肯定，一口咬定菸機就在茅棚下邊。根據他的分析，茅棚下的這台菸機，是不遠處這幾家的，他們專門選擇了這樣的地方來掩人耳目。在住戶房屋與茅棚下的工廠之間，必然會有一條地道，一切資源和動力就通過地道運去，又將成品從地道運出。這種地方不會常有人，而且因為空曠，聲音不太明顯，極不容易被發現。我們本是來此「避難」的，不料竟避到要害處了。這簡直讓人有些恐慌了，誰知道在這個小村子的地下，到底有多少家工廠都在這深夜裡開足馬力，緊張地生產著假菸，也生產著墮落和罪惡。

經過前幾次的試探，我們對「線人」已經深信不疑。立刻打開偷拍機，藉著月亮的微光拍下了垃圾場、小茅棚和那幾家住戶，但是沒有任何辦法讓人明白這下面是一個加工假菸的場所。也許我們只好在後期編輯時給這種畫面配上解說詞，才能揭穿這無聲場景下的黑暗勾當。在黑夜裡，無能為力地望著這小茅棚，我們真切感受到了一種深深的憤怒和悲哀。

「線人」說，還有建了一半卻長期放棄了的房屋也是最典型的地下工廠掩體。「線人」又告訴我們，還有一種隱藏菸機的方式，就是先砌一個固定菸機的基座，將菸機放進去，再圍繞著機器搭建一間無門窗的房子，檢查人員無法進入，只好放棄。遇到大規模的檢查，主人見勢不妙，很可能從屋裡推倒一堵牆，立刻將菸機裝車運走（因為從通道裡機器不易運走）。原來此種小屋有一堵牆是虛掩著的，用泥抹光表面，裡邊一推就倒，隨時可以逃走。

「線人」的介紹讓我們大開眼界，後來，我們開始大規模行動時，就發現了兩例推牆逃跑的，小屋裡堆放著亂七八糟的菸絲、固定菸機的基座、剛卸下來的螺絲帽和來不及收拾的所有東西，一片狼藉。我們進去拍攝，那堵虛牆的秘密暴露無疑，但是菸機已經不見了。待檢查行動一過，風平浪靜之後，某天深夜裡，那逃之夭夭的菸機還會悄悄回到小屋裡重新運轉，那堵虛牆還會再壘起來，用泥巴糊上，而所有的罪惡也將繼續。

聽了「線人」介紹的情況，我們重新鼓起勇氣，決心進村抓拍一處更清楚的造假證據。於是，三人一合計，冒著危險，再次進村，殺一個回馬槍。

這次，我們懷揣著新的藉口，大膽地往有燈光的亮處走。這一次，沒有碰到狗，也沒有遇上人。過了幾處有燈的地方，沒發現可疑情況，正往前走時，聽得不遠處機聲轟鳴，在靜夜裡顯得極響。那些

亡命之徒竟敢在地上以這麼大的聲響公開造假菸，我們立刻提高警惕，躲到暗處，朝發出轟鳴的地方一路摸去。

「線人」辨別聲音的能力極強，很快找準方位，帶我們摸黑趕到地點。這間屋子挺大，裡面燈光通明，我們從被堵了半邊的窗戶向裡窺視，只見一台機器正在隆隆運轉，卻沒有一個幹活的人。打開偷拍機正準備透過窗縫拍攝，只聽「線人」小聲說：「這是台磨麵機。」我們一下子泄了氣，怎麼這樣？

但是且慢，再張望一會兒，發現屋裡不光沒有幹活的人，機器裡竟然也沒有磨出來的麵，它原來一直在空轉！三更半夜，磨麵機在空轉，這中間必然有鬼！「線人」細聽片刻，輕聲告訴我們，他聽出了磨麵機背後夾雜的菸機的聲響，據他判斷，菸機肯定就在屋裡，要麼就在地下，而且肯定是個大傢伙，因為聲音太大，只好靠磨麵機打掩護來蓋住真正的菸機聲響。好個鬼主意，真是挖空心思，不惜成本。磨麵機也要拍，但這樣一來，菸機自然又拍不到了。至此，我們才終於明白了造假者的良苦用心和狡猾伎倆，而且意識到我們這種偷拍只能抓到極有限的蛛絲馬跡，必須大規模正面作戰，才能揭開他們的老底，讓造假者的勾當大白於天下。

我們準備撤。一看時間，馬上就凌晨五點了，再過一會，天就會發亮，我們出村肯定會引起注意，事不宜遲，立刻撤！三個人又是一溜小跑，匆匆溜出了村，這才敢長出一口氣。這時天已大白，回頭拍

攝了一個晨光中依稀的全景，我們結束了這次24小時的連續作戰，收兵回營。

第二天，我們回到北京彙報情況。不久，大規模行動就開始了。

97年7月的某天，北京，某會議廳，大規模打擊假菸行動的高層策劃動員會正在秘密召開。參加會議的有國家技術監督局、菸草總公司、工商局、稅務局、公安部、武警總部以及雲南、福建的相關部門領導和中央電視台記者。會議宣佈，經中央軍委批准，此次行動可以調集兩個排的武警，全副武裝實施保衛。為了避免打草驚蛇，會議決定將隊伍先開到廣東，然後突然調頭進入福建，以迅雷不及掩耳之勢，殺進雲霄縣。第一個目標，就是我們暗訪過的那個村子。

奇怪的是，第二天一大早，我們剛要上飛機，雲霄的「線人」打來電話，說村裡已經開會通知大家注意，近日將要大規模檢查，誰走漏了風聲，要格殺勿論。

但此次行動已是箭在弦上，會不會是造假分子太心虛了呢？我們抱著僥倖心理，在當天晚上悄無聲息地開進雲霄縣，並連夜開會，與會者嚴格控制在執法小組的主要成員、雲霄縣主要領導和中央電視台記者這些最可靠的人員之間，並再次嚴肅重申了保密紀律。

誰想到第二天清晨，我們剛醒來，還沒有來得及洗臉刷牙，「線人」的電話又來了：「情況緊急，部分菸機已經開始轉移。」這就意味著，我們的保密會議走漏了風聲。當初實施偷拍，怕的就是集體行

動容易走漏風聲，現在果然如此，看來再高層、再嚴密的會議，也已無法保守機密。可見造假者也有他們的「線人」打入我們內部，或者說我們高層決策者中間，有人正暗中充當造假者的「線人」。昨晚的會議，就那麼幾個人參加，其他人絕不可能知道任何情況。那麼「線人」到底是誰？除了記者之外，與會的全是處級以上的領導幹部。誰會暗中成為違法犯罪者的同謀？這個難題一直困擾著我們。「間諜」和反「間諜」工作已經成為行動成敗的關鍵。

整個行動已經沒什麼秘密可言。我們的「線人」隨時彙報他們的動靜，他們的「線人」也將我們的計畫告訴他們。移動通信工具的方便，使雙方隨時都可知道對方的情況，就看誰行動迅速了。

原計劃8點正式出動，既然情況有變，只好立刻出擊。7點，我們的車隊浩浩蕩蕩衝出縣政府大院，直奔造假的村子。奇怪的是，我們剛一出大院，外面就湧上來很多摩托車，跟著我們走。越往前走，跟上來的摩托車越多，很快，路邊彙集成了壯觀的摩托車隊，仿佛夾道護送我們的衛隊。這種情況，一看就是有組織、有預謀的。我們走，他們走，我們停，他們也停。騎摩托車的人不斷地用手機打著電話，不知在和什麼人說些什麼。透過車窗玻璃，我們將這一罕見的景象拍攝了下來。

參加此次打假行動的共有200多人，分兩路出擊，我們這路的目標是上次偷拍過的村子，清查隊隊長和我們在同一輛車裡。突然，隊

長手裡的對講機響了，傳來「線人」急切的聲音：「20分鐘以內，你們再趕不到，他們就跑光了！」

司機立刻加大馬力，一路鳴著警笛，朝村子裡衝去，在村口，我們堵住了一輛大卡車，但車上已空無一人，大卡車上裝了一個特製的鐵皮篷子，武警衝上去撬開篷門，一台菸機露了出來……

甩不掉摩托車，我們的攻擊方向就隨時被造假分子掌握著，他們依此決定著是否能跑，跑向何處。我們放慢速度，摩托車也放慢速度；我們加速，摩托車也跟著加速，鄉間道路上塵土飛揚，頗有點像電影中的追擊鏡頭。隊長當機立斷決定：來他一個聲東擊西。他同時與三四個點的「線人」聯繫，佯裝東去，突然命令司機掉頭過一座橋，殺進了另一個村子，這一次我們又截獲了一台菸機。

突然對講機又響了，是「線人」的聲音：「一輛卡車出了村，正向西跑，藍色大『東風』，上面有菸機。」

隊長命令他：「盯住，一直跟著，看他往哪跑！」

這之後，就不斷有「線人」的報告：「出了小樹林——過了一座橋——向東拐了——朝水塘中間的小島跑去了——停到林子裡了。」看來，我們的「線人」也騎著摩托車。

我們按照線人提供的路線追上去，來到一片荒草叢，前邊是一片水塘，有一座橋和水塘中間的小島相連，小島上樹林密佈，住著兩三

戶人家，我們下了車，衝上小島，好極了！一輛卡車就停在林子中間的草叢裡。

武警不由分說衝上去將卡車團團圍住，我們也立即提著機器衝上去，很多農民迅速圍過來。這些農民中，就有我們的那位「線人」，當然也有躲在人群中的造假分子。農民目光中充滿了驚奇，他們絕對想不到我們會尾隨著追到這裡。

一台菸機從車上查出來了，圍上來的農民向前擠過來，空氣中彌漫著一種緊張的氣氛，此時只要有一個人喊打，可能事態就很難控制。

手持警棍、盾牌的武警威嚴地擋在農民面前，保護工作人員的檢查和我們的順利採訪。

當我們採訪隊長時，問他：「為什麼只有菸機，沒有抓住一個造假者，那些老闆呢？」

沒想到這聲音通過隊長手裡的對講機傳了出去，還沒等隊長回答，對講機裡就響起了「線人」的聲音：「老闆就在你們旁邊！」

聽到此話，車裡的人都十分驚訝，「線人」在哪裡說話？他能看見老闆，那肯定就在附近，

但四周望去，只見黑壓壓一片人群。

誰是老闆呢？站在我們車下的這幾個傢伙看來都有點像，又都有點不像！

這次打假，我們雖然沒抓到一個造假老闆，但畢竟有所收穫，查收了四台大型菸機和幾卡車偽劣菸絲和大量假冒名牌香菸的包裝盒。但回想起來，令我們感受最深的並非是這些「戰利品」，而是我們親身經歷了一場「沒有硝煙的戰爭」，從「地道戰」到「遊擊戰」，從「間諜戰」到「運動戰」。

幾天之後，第二次大規模行動開始，經「線人」舉報，大部分造假設備都轉移進了山，那是一些人煙罕至的地方，山路曲折幽深，在這種地方，只要出現一個陌生人，都會變得十分顯眼，暗訪沒有了任何可能。

在這之後的第三次、第四次、第五次、第六次、第七次大規模行動，一次比一次難，一次比一次收穫小。然而，在地方彙報的打假材料中，戰績卻一次比一次輝煌，查獲的造假「案值」也一次比一次大，從第一次的200萬達到了最後一次的500萬！這種成果怎麼統計出來的，實在搞不懂。

關於假菸，我們最新的消息來自《南方週末》，報載雲霄縣原技術監督局局長的家被暴徒們炸了，幸好家中無人，沒有人員傷亡，但家產已全部毀壞。

愧對老陝

旁邊突然跳出個瘦小的男子，指著小黃的鋼筆式偷拍機挺好奇地問：「你這哥們兒，咋老拿個鋼筆呢？」

1998年11月，我從陝西偷拍完私商收糧之後，一直噩夢連連。1998年，是全國糧食流通領域進行治理整頓的重要一年。在這以前，由於全面放開糧食市場，私商可以隨意從農民手中收購糧食，再高價倒賣給用糧單位，造成糧食流通領域秩序混亂，農民和國家利益嚴重受損。為此，國務院在這一年糧食流通體制改革工作會議上，明確規定：嚴禁任何私商收購糧食。而作為產糧大省的陝西，私商收糧的情形卻猖獗依舊。特別是閻良、高陵等地的火車站，車站工作人員與不法商販勾結，在車站坐地收糧，再利用夜晚時分，將糧食裝車發往全國各地。由此引出了我們的陝西之行。

提供新聞線索的老I（出於保護人身安全的目的，我們在這裡隱去了他的真實姓名），是陝西某縣工商局的一名工作人員，在他的指引下，我們隱去身份，先後走訪了幾個火車站。

這裡的火車站，除了偶有過路車駛過，基本沒什麼旅客，三三兩

兩的工作人員，狐疑地看著我們。據老I講，眼下風聲正緊，糧販子大都晝伏夜出，夜幕降臨後，各路「豪傑」才紛紛出洞，且身手不凡，一夜之間，便可將幾十噸的糧食全部裝車，蓋上帆布，再迎著朝霞，將糧食發往全國各地。於是，同去的偷拍高手黃兄、胡兄與我一拍即合，決定當夜行動旌暗訪閻良火車站。

傍晚時分，我們一行四人已在閻良火車站附近。深秋的陝西，秋收早已結束，田間基本見不到農民，黃土地一望無邊，四周極靜，聽得見樹葉飄落的聲音。

就在我似睡非睡之間，眼前一道黑影閃過，只見「名記」黃師傅穿一身黑色夜行衣，懷揣鋼筆偷拍機，已神色嚴肅地站於我面前。再看胡兄，正和老I悄聲密謀。而我自己，穿著灰衣，蜷縮於田間，儼然田鼠一般。我不禁羞愧萬分，遂湊前搭訕。三位老兄如此這般面授機宜，我才大夢初醒。

夜色漸濃。到周圍全都隱沒在黑暗之中時，我們開始行動。老I因爲和當地人很熟，所以不能出面，只能留在車裡。我們三個記者，兵分兩路：胡兄藏匿於車，逡巡四周，手機緊握在手，隨時準備在第一時間按下「OK」鍵，呼叫「029-110」報警；我是初生牛犢不怕虎，屁顛顛地跟在小黃後面，直入虎穴。

閻良火車站的候車大廳裡，掛著一盞昏黃的燈，空蕩蕩沒有一個人。穿過這個大廳，便是伸手不見五指的月台。我們走了一會兒，發

現根本沒有糧販子的蹤影，加上四周陰風陣陣，我的頭髮全都立了起來。據老I講，私商交易的地方，離月台大約1公里。於是我們沿著鐵軌，繼續摸索著向前。我眼睛不好，幾次被絆倒，摔得慘不忍睹。小黃師傅不愧是個大俠，綁著偷拍機，還要隨時回頭照顧我，卻依舊身輕如燕。走了大約一刻鐘的路，眼前突然有了光亮，一個身穿鐵路制服的人，拿著手電筒晃我們的眼睛，大聲怪叫：「幹嘛的？」

小黃處變不驚，操著湖南口音迎上去：「我們是買玉米的，賣玉米的地方還遠嗎？」

那人打量了我們一下，說：「再往前走就到了。」

道了謝，我們繼續前行。路邊突然出現了一道兩米高、用裝滿糧食的麻袋壘起的牆。這道牆長五六百米，寬約十米，在它的盡頭，糧販子的交易正在熱火朝天地進行——遠遠地，就聽到了鼎沸的人聲。

我們疾步向前。糧販子正忙著過稱、算帳。在兩個正在往車上抬糧食的農民跟前，我們站了下來，開始與他們攀談。

「這糧食是你們賣的嗎？」

「不是，是我們老闆讓我去收的。」

「從哪兒收的？」

「從別人家裡，收完了再拉到這兒裝車。」

這時，旁邊跳出來一個胖胖的女老闆，她大聲喝斥她的夥計：「幹活！說什麼話？」然後轉向我們：「你們幹嘛的？」

小黃連忙走上前回答：「我們是開飼料廠的，從湖南來，想進點玉米，聽朋友說這兒有，就來看看。」女老闆黑黝黝的臉上掛滿不信任，突然面色一沉：「我家男人不在，賣不了玉米，你找別人吧。」轉身離開。唱雙簧的我和小黃不知什麼地方出了差錯。這時她又轉過身：「你們要買多少？」「4噸吧。」我信口胡謅。女老闆：「我的貨今天剛訂出去。你們找孫老五吧，他的舅舅是這車站的站長。我們都得給他交錢。」隨即，她用胖手指了指不遠處燈下的一個身材魁梧的男人。

「為什麼要交錢？交多少？」

女老闆挺不以為然：「就是給車站交唄。你要人家幫你運糧食，得給人家交錢。運一斤私下裡要給他們提兩分錢。」

接著我們走到孫老五身邊。我很擔心這個男人會用一隻手把我掐死。小黃臉上堆滿媚笑，以生意人的口氣過去套近乎：「嗨，兄弟，我們是開飼料廠的，從湖南來的，想進點玉米，聽說你的貨又多又

好，咱們商量商量。」孫老五挺爽快，聽說有生意，就和我們聊起來。他說，最近雖然風聲挺緊，但也沒耽誤了生意。他舅舅在這裡當站長，他索性就在這兒「駐站」收糧。糧販子收了糧食，半夜送到車站，由他負責疏通各個方面，連夜將糧食全部裝車，翌日發出。「查都在白天，我們白天一個人都沒有。糧食沒來得及裝車的，就放在站上，有問的就說是從糧站拉到別的地方去，一般也沒啥人認真的。」他總結自己的經驗，躊躇滿志。

「那農民為啥不願把糧食交到糧站呢？」我挺好奇，「我們去糧站買糧，人家都說沒有，所以我們就跑這兒來了。」

孫老五笑了笑：「糧站收糧，壓級壓價，還不愛收。我們收又是上門服務，人家當然願意賣給我們。」

說著說著，我就不太多插話了。小黃講經典的湖南話，「零」「寧」不分，「回」「肥」不分，更把湖南叫「扶蘭」，口音上占儘先機，頗具糧販子風範——湖廣兩地多從此購糧，所以小黃身份不易引人懷疑。而我是比較沒個性的、土生土長的北京人，純正地道的普通話——此時成了最不利的因素，無奈只有唱配角，並自覺運用「沉默是金」的原則——該閉嘴時就閉嘴，否則言多語失。

這時周圍漸漸圍上了些人，我只覺得後背發涼，環顧四周，約摸著就是喊破喉嚨，外面也聽不見。

旁邊突然跳出個瘦小的男子，指著小黃的鋼筆偷拍機挺好奇地

問：「你這哥們兒，咋老拿個鋼筆呢？」

「哎呀，這玉米多好呀！」我趕緊顧左右而言他。

老孫想了想，也問：「你倆說是從哪兒來的？」

「扶蘭（湖南），扶蘭。」小黃連忙掏出身份證，一邊遞過去，一邊轉過頭對我說：「你還不快去叫胡老闆進來看看貨？」我一聽急了，怎麼能扔下他一個人呢？那簡直太可怕了！我搖了搖頭，對他說，「待一會兒吧，待一會兒再說。」小黃更急，濃眉倒豎：「快去啊，還在這講發（話）！」我一聽，知道他是怕我在這兒待久了被人懷疑，要我和小胡聯繫。無奈中，我只有服從。我一邊往外走，一邊回頭絕望地看了一眼小黃，他站在一群高大威猛的陝西人中間，顯得格外瘦小，一身黑衣更是單薄可憐。他左手舉著湖南身份證，竭力證明著什麼，右手還舉著那破「鋼筆」，也不知偷拍機還有電沒有。

我一邊心裡暗暗祈禱，求老天保佑小黃，別讓人家給滅在裡面，一邊腳下生風地往來時的路上跑。這次跑得可能比火車還快，大約覺得多節省一分鐘時間，小黃就少一分危險。我邊跑邊給胡兒打手機，這要命的手機卻根本沒有信號。零度左右的天氣，我出了一身大汗旄不是跑的，是嚇的。聽著自己的腳步聲，我覺得可能後面有人追過來，便更加玩命地猛衝。當時我心裡只有一個念想：只要我們都能活著出去，什麼都不拍也可以。大約也就四五分鐘，我竟然跑到了月台上，竟然找到了候車廳和大門。當我狀如女鬼似地出現在小胡面前

時，胡兄臉色大變，大聲吼道：「小黃呢？」「被⋯⋯被人圍⋯⋯圍住了。」等我喘過氣，胡兄已經躍出100多米，我只好又跟在後面往裡衝。跑到半路，我腦中閃了一下：「這不是又回去找死嗎？」然而沒容多想，我們已經衝到了糧販子中間。再去看小黃，發現他竟然已經和別人「打成一片」了。我們走過去，小黃連忙向別人介紹：「這是我們胡經理。要不然，您讓我們一塊兒看看貨？」老孫笑了笑：「沒問題。不知兄弟有沒有名片？」小胡挺坦然：「哎呀，出門忘帶了。我和小黃一塊兒的，我是貴州人。」然後指了指我，「我們會計，河北的，在我們那兒打工。」

我過去搭訕：「價錢說妥了嗎？」

「差不多都有了（暗指已經拍下來了）。」

老孫在一旁說：「5毛9，比國家定價便宜1毛5呢！」

「胡老闆」皺了皺眉：「5毛9，還是貴，上次有人說5毛6。」老孫一聽，急了：「胡先生，您看看貨再說，我們玉米都是一級、二級貨，曬得好，不壓份量。你就是去糧站，也沒有這麼好的東西。」我感嘆了一聲：「你說糧站都沒有新糧食？」「那可不！」老孫挺得意，「都讓我們收了，誰還上他那兒賣去？」

「但是現在查得這麼嚴，糧食不太好運出陝西呀？」

「這你放心。我們從報計劃單到發車皮，都能協調。糧食現在是

不讓運了，但是我們不運糧食，我們運飼料啊，飼料可是能運的呀。」孫老五得意地笑著，「不過現在的勞務費已經是800塊錢了，原來是500。像我這個地方，一天最少一個車皮，兩個車皮也能上。」

原來如此！

根據有關條例，雖然糧食不可私自買賣和運輸，但是飼料是可以自由運輸的。因此只要將這些未經加工的玉米統稱為「飼料」，再與鐵路上的工作人員一起「變通」一下，就可以合法自由地運輸出省了——一切搞定。好聰明的糧販子！我在心中不由暗暗讚嘆。

這時胡兄拿起一根鐵棒，在一個麻袋上紮了一下，捏了幾粒玉米，掰了掰，聞了聞，煞有介事地說：「還行。要不咱們回去和老闆商量商量，就在這兒買？」見好就收，我和小黃大聲回答：「行！」老孫一聽，忙問：「那你們啥時來簽合同？」「明晚吧！明晚這時候，您就在這兒等吧。」（明晚？明晚這時候，我們已在回北京的飛機上了。）老孫一聽特高興，從兜裡掏名片給我們，上面赫然印著：「陝西省閻良縣X村，孫老五。」電話、手機一目了然。老孫高興地伸出手：「行，那就說定了。再見！」「再見！」我們三個人先慢慢地往回走，當從糧販子的視線中消失之後，三個人不約而同地拔起腿，飛也似地跑開了。

站在火車站大門外，我和胡兄長吁了一口氣：「刺激啊！」小黃卻沒有一點反應，他卸下偷拍機，一邊低頭鼓搗，一邊嘴裡嘮叨：

「還刺激呢！電池可能早就沒電了。後面的也許沒拍到，要重拍！」我和胡兄頓時「昏倒在地」。沒辦法，我們和老I彙集後，把車開到了路邊一家小飯館，一邊吃飯一邊給機器充電，隨時準備回去補拍。這時已是午夜1點30分了。我當時最大的願望是自己不是電視記者，而是報紙記者，這樣就不用回去補拍了。充好電，我們將拍過的帶子往回倒了倒，膽顫心驚地看著，最後一個鏡頭居然在老孫沖我們揮手說再見的時候定了格，之後是一片雪花——啊！親愛的電池居然和我們一起撐到了最後。刹那間，我領略到了什麼叫欣喜若狂。

第二天，我們又採訪了兩家糧站和一些農民，發現糧站基本不收秋糧，原因是糧倉已滿，無處存糧了；而農民要麼賣糧給私商，要麼任憑糧食爛在打穀場上。這是私商猖獗和糧食流通市場混亂的根本原因。掌握一切材料之後，我們趕回北京，連夜製作了「暗訪陝西私商收糧點」。

此片播出後，在社會上引起強烈反響。當然，最大的反響來自陝西。「線人」老I，被當地有關部門以種種莫須有的罪名停職審查。時至今日，老I仍無正式工作，賦閑在家，時常與我聯繫，討論有關前途事宜。我等鼠輩，雖竭盡綿薄之力，也不能幫老I討個「說法」，於是心中常愧疚，愧對正直之人，愧對陝西老I。

「線人」是個寶

第一次見到線人，是在農村的一個小招待所裡。房間的燈光很昏暗，線人盤腿坐在沙發上，為我們臨時「充電」。

這次偷拍行動之所以只用短短4天時間就徹底搞掂，得力於我們有一位可靠的「線人」。38歲的「線人」曾經從事販賣死豬、狗達8年之久，某天突受良心譴責，於是幡然悔悟、改過自新，並在這次採訪中，積極合作，幫助我們在最短的時間內，採訪拍攝到了最詳盡的內幕。

第一次見到「線人」，是在農村的一個小招待所裡。房間的燈光很昏暗，線人盤腿坐在沙發上，為記者臨時「充電」。

原來這地方飼養豬、狗的人特別多，一般人家裡的豬得了豬瘟等病死後，都是將屍體就地埋掉或扔出去了事。狗一般都是老百姓家養的家狗，平時負責看門護院，是主人最忠實的朋友，生病或中毒死後主人一般都十分傷心，都不會想到要拿它去賣錢。

「線人」當過兵，退伍回家以後，看到村裡人大多還是靠農業生產和搞飼養業掙錢，很少有賺大錢的。直到有一天，他遇見了同村桂

老二。當時，桂老二這小子不知道是幹什麼的，只知道他在這窮地方蓋起了三層小洋樓。一打聽，才知道他幹的行當十分紅火，一年可賺二三十萬。他聽說「線人」是從外邊當兵回來的，見過世面，就邀請其加入了他的行當。

從那時起，「線人」知道了桂老二原來是幹這種缺德買賣的，農戶家病死的豬、狗，在桂老二那裡卻是十分來錢的生意。每天，桂老二就讓他和他手下的二三十人騎著摩托車到周邊的縣城去轉，吆喝著收購死豬、死狗，還經常到垃圾站、廁所邊轉一轉，看看有沒有丟失的狗。

有時死豬在臭水溝裡已經泡得發白發臭了，死豬、狗販子也絕不放過這種白揀錢的生意。後來慢慢發展到不再騎摩托車四處收購了，而是在各個鄉都建立了長期收購點，也由於這些人積極的宣傳，農戶們也知道自家得病的豬啊狗啊什麼的，不用丟了，只要送到那些固定的收購點，多多少少能換得些錢。

說實在的，真正病死的豬狗哪有這麼多，有時為了來錢來得更快，可以想別的辦法，桂老二曾經傳經，最好的辦法就是先去投毒，然後再去收購。

說到此，「線人」心裡湧起了懺悔。他愧疚地對我們說：「有一次，我到一戶農民家去收購被我毒死的小豬。那戶人家是一對老夫婦，老倆口家裡什麼也沒有，住的是土房子，裡面根本就沒有一件像

樣的傢俱，我進門的時候，老太太靠在門框上，一邊看我捆老豬，一邊唉聲嘆氣地對我說：『原先想等兩頭豬養大了，賣點錢給老頭子去看病的，誰知現在不明不白就死了……』一直躺在床上的老漢突然咳嗽起來，咳得眼淚都出來了。當時那種情景確實讓人難受。本來那兩頭豬講好是60塊錢的，我多掏了20塊錢給了他們，老頭、老太太十分感激，說什麼也要留我吃飯。他們哪裡曉得，這兩頭豬就是我下的毒啊。那天中午，我在一家小飯館裡喝醉了，總覺得滿眼裡都是那些我毒死的豬、狗，不知不覺就把剛吃下去的東西全給吐了出來。從那一次起，我心裡越想越不是滋味，覺得這個行當是個屁眼都發黑的行當，再幹下去肯定會遭報應。於是我就萌發了洗手不幹的念頭，最後離開了桂老二。

「而桂老二一直到現在還在幹這種缺德事，他的生意十分紅火，已經有了一輛微型貨車，在眉山、新津都有自己固定的冷庫，家裡還有五六個大冰櫃，有自己的加工作坊。每天那些雇來的工人將收購來的豬、狗，不管多麼壞的，即使是腐爛變質的，用雙氧水一刷，照樣都能處理得白白淨淨，單從外觀上來看，和好的豬狗肉一模一樣，然後都注入70—80%的水，弄完以後就送到成都等地的大冷庫，經過那裡銷往全國各地。」

有了這些資訊，我們對這次暗訪信心十足。但「線人」提出，因為現在這些搞死豬、狗生意的都認識他，所以他不便出面，如果被人認出來，那可是得用全家老小性命去交待的事。不過，他可以把誰在

搞、怎麼搞告訴我們，並且隨時同我們保持聯繫。

　　臨出發前，「線人」一再叮囑我們：幹這行是無本生意，那些人玩命得很，被他們發現可不是鬧著玩兒的。他只看到我們帶的大攝像機，覺得拿這機器去拍不好，人家一看機器就知道來的是記者，誰還敢對你說，即使說也肯定說的是假話。為了讓他放心與我們配合，記者從包裡取出了我們的鋼筆式偷拍機。這種機器體積相當小，一般放在背包裡就可以了，而鏡頭則是一個鋼筆樣大小的東西，用起來相當隱蔽，沒見過的人根本看不出來。

　　再加上我們是幹偷拍的老手了，好賴也見過一些場面，所以也就沒太放在心上。後來遇險時才想起，他說的一點沒錯。

　　在我們偷拍之前，四川《蜀報》的記者老錢已將死豬、死狗的事件調查了半年之久。為了把自己打扮得更像一個肉販子，他專門在家蓄了半年的鬍子，曬得黑黑的臉上，只有一對小眼睛亮亮地直轉，透著買賣人的狡猾勁兒。

　　然而他也許是幹得有點魯莽了，一發現製假窩點，便一頭紮進去用照相機一通狂拍，趁人家還沒有醒過味兒來，調頭就跑。接著就是一幫人，手拿刀棒追殺出來，他因早已勘察好地形，一路猛跑，躲過去就萬事大吉了。如此行動打草驚蛇不說，有一次還真險些要了他的命。

　　在一處製假窩點，他還是那樣衝進去一通狂拍，掉頭就跑。然而

這家的屠戶反應神速，呼嘯著追了上來，照相機包太礙事了，跑不快，被捉住准沒命，於是當經過一個柴樓時，他跑進去，看見一老大爺正坐在那裡抽菸，他把照相機包往他手中一放，說：「你把這個藏好，我一會兒再回來拿。」說完一溜煙跑了。等他終於擺脫了追趕又回到柴樓時，只見老大爺仍然坐在那裡，抽著菸，手裡緊緊抱著那個照相機包，縷縷青煙在他身邊環繞，從柴樓的縫隙間射進一線陽光……

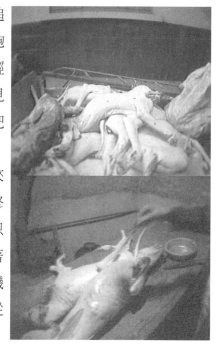

　　在邛峽市郊的馬路上，我們第一次看見「線人」描述過的那種白底黑字寫著「大量收購死豬、狗」的巨大牌子時，真是驚愕萬分！雖然曾想到當地從事這些活動可能比較公開，但沒想到會這麼肆無忌憚。同行的告訴我們：「不急，好看還在後頭呢。」果然，就在我們經過的不到10公里的公路兩邊，這種招牌出現的頻率高得驚人，有些寫在路邊的土牆上，有的就寫在老百姓家門邊。

　　在邛峽市的一個集市，不足3米寬的小街，竟然在路中心一個接一個擺著收購的牌子，每個牌子相隔不到5米。更具諷刺意味的是，

有一家的牌子竟正對著當地的法院大門。

　　我們操著外地口音打聽哪裡有賣狗肉的，立即引起人們的注意。一位外號「笑笑」的老闆的老婆忙不迭地喊：「這裡有，這裡有。」這時，我們中的一員已經躲在車裡將鋼筆式偷拍機安裝調試好。

　　三拐兩拐，她就把我們帶到了她家的加工作坊。這是一間不足兩平方米、嚴格算起來只能算個窩棚的小屋，四處散發著一股奇怪的惡臭，令人作嘔，被煙燻得漆黑的牆壁都開裂了，到處掛著蛛網，泥地上黑乎乎的。屋中間支著一口大鍋，占了作坊的大部分，鍋裡正燒著開水，一隻尚未來得及褪毛的死狗僵硬地擺在地上。作坊門口有一個大水池子，裡面全是血水，泡滿了褪過毛的豬和狗。我們有意撈起來看，其實是給偷拍機的鏡頭看，肉色都是白兮兮的。

　　老闆娘顯然沒有對我們產生懷疑，因為據「線人」說，我們幾個看起來就像死豬、狗的販子，像極了，當時我們聽來還挺失望，但現在倒覺得方便了。

　　我們很快就進入了正題，指著地上的那只死狗問：「這樣的狗多少錢一噸？」

　　「6000元一噸。如果你們要，今晚就有貨，車也可

以給你們找，就在附近。」看我們有些遲疑，她補充說：「如果是要豬肉，那還有些存貨，不過都放在冷庫裡了。」

為了證明自己對這些比較內行，我們有意從水池裡撈起那些還沒來得及加工的死豬、死狗對她說：「如果是這樣的，那可就不行了。」

她笑了笑說：「那個自然，我們一定把它搞得好好的，你今晚要是來取貨，我帶你們去我們一家規模比較大的作坊看看，我們的工人都是熟練工，一定會使你們滿意的，今天晚上七八點鐘，你們三個來，我帶你們去。」

唉！又是晚上，去一個人生地不熟的地方，而且一點保障也沒有，我們只好把當地「110」的號碼存在手機裡，萬一不行了只好向警方求援了。

晚上7點，我們與早就等在那裡的老闆娘接上頭後，天已經完全黑了，我們對自己處於什麼位置，周圍都有些什麼一無所知，真是盲人騎瞎馬，只能攻擊前進，沒有退路了。

在乘車去作坊的路上，老闆娘還不無得意地說：「你們可得感謝我喲，這作坊一般是不讓人看的，你們看了可就又多了一門本事了，這可得收費啊。」說完還吃吃地笑。

為了穩住這個關鍵人物，我們不得不順著杆子往上爬：「沒問

題，我們以後是長期的買賣，哪能讓你吃虧，你既然放心讓我們看了，下次我們要的可就是大量的了。」

老闆娘大喜，一個勁地說：「對，對，這樣就好，買賣嘛，講的就是個信譽，你們今後可不能和其他人做生意，忘了我們。」

車子終於在一棟舊房子前停了下來，黑暗裡我們定睛一看，原來是一座又破又爛的平房，從外面看一點也不起眼。屋裡昏黃的燈光一閃一閃，老闆娘一打門，門就「吱呀」一聲開了，裡面閃出一個大胖男人。顯然是事先已經約好了的，胖子說了句：「來了？」老闆娘應了一句：「就這幾個。」

胖子將我們讓進屋後，隨即將門掩上。房間挺大，足有百十個平方米，裡面有炕，有水池，在一旁立著的架子上，掛著七八條已經脫了毛的狗，幾個工人正在給死狗開膛剖肚，在一邊的水池裡，一位工人正洗一隻已經脫了毛的狗。「給他們表演一下吧。」老闆娘對胖子說。這時，我們的偷拍機還沒開，持機者趕緊問了一句：「廁所在哪？今天的水喝多了。」胖子笑著說：「都大小夥子，到門口那裡，找個沒人的地方就行了，還用什麼廁所？」看我們不知所措的樣子，他樂了：「你們城裡人就是麻煩，廁所在後面。」

持機者趕緊躲進廁所偷偷開機去了，這小子老喜歡臨陣擦槍。

等我們到齊了，胖子就給站在旁邊的一個長得瘦瘦的工人使了個眼色，只見這人「噗」地一聲將一條已經脫好毛的狗扔在了木板上。

胖子得意地說：「你們看清楚了，這是一隻毒死的狗，死了好多天了，肚子這個地方已經落（當地稱腐爛爲「落」）了。死豬、死狗肚子這個地方最容易落，不過這沒問題，我們有辦法。」說完，他在死狗肚子已經腐爛的地方抹了一些很刺鼻的藥水。我們往前湊了湊，竭力把身子往前傾，目的是想讓鏡頭再靠近些，並且有意問了一句：「那是什麼東西？」胖子笑了笑說，「這是雙氧水，就是醫院用來泡屍體的那種水，這種東西特別管用。」他一邊說一邊用一把毛刷使勁地刷。過了一會兒，胖子又從刀架上取過一把解腕尖刀，在抹過雙氧水的地方不停地亂，壞死的地方很快就再也看不出原來的樣子了，顯得白白淨淨的。

　　看我們目瞪口呆的樣子，胖子來勁了：「再告訴你們一個生財的門路吧，乾狗要賣的話，不太划算，最好是做水狗。」說著，他又從刀架上取出一個足有  30公分長的針管，接上水管後，插入一隻狗的大腿，只一會，剛才還顯得瘦骨嶙峋的死狗就給擺弄得腿粗腰圓了。

　　這時，老闆娘在一邊發話了，我們趕緊往邊上挪了挪，目的是讓持機者靠過來錄影。「這種打水的方法好，比以前用水龍頭灌和用排

針打要好得多了。這種水槍壓力更大，你要打多少水都可以，想往哪打都行。剛才你們看的還是比較簡單的，只是往肉裡面打，還有更好的，就是直接用針紮進心臟裡注水，那樣一注可快多了，而且全身哪個部位都會注滿，根本就看不出來。」

這些話，確實把我們這些「學徒」聽得瞠目結舌，如果不是屋裡那令人窒息的惡臭，我們還可以學到不少高招呢。

突然，持機者包裡的偷拍機「嘀、嘀、嘀」叫了起來，和BP機的叫聲差不多。我們一聽便知：沒帶子了。還好，這些人的警惕性並不高。我們便藉故離開。

出門的時候，我們問胖子那些活狗是用來幹嘛的，胖子不經意地說：「這個不好說，我以前是做那狗肉生意的，本來不幹這一行，但他們都搞死狗、死豬，我們好好做生意的根本就弄不到錢，沒辦法，我們也只好跟著弄唄。做死狗確實比做活狗賺錢多了。但是活狗還都養著留在這裡，這倒可以成為一個好幌子，萬一檢疫的要來，就證明我是做活狗的。」

臨走前，胖子拍著記者的肩膀悄悄地說：「哥們，你們要是和『笑笑』把生意談好了，我們就是好朋友了，到時候我給你們整兩隻好狗吃，絕對不是這種狗，都是我自己養的。你看到『笑笑』家對面的法院沒有？那裡面的人都是我哥們，他們吃的狗全是我送的。」

「線人」還曾告訴我們，成都周圍的不少鄉鎮集市上都有專門收

購死豬、死狗的地方，但集市卻不是每天都有。剛好第二天是離成都市100多公里的簡陽市三岔鎮趕集，為了不錯過這次好機會，已經沒日沒夜連續奔波了兩天的我們只好連夜趕到那裡，到了小鎮已經是晚上12點多鐘了。

凌晨5點鐘，天剛濛濛亮，我們就收拾好設備去趕集，集市上已經聚滿了來自四鄉八鄰的老鄉們，集市裡到處都是我們從未見過的稀奇古怪的東西，但我們完全沒有時間去欣賞，心底只有一個念頭，那就是：儘快找到收購病死豬、狗的地方！

很快，在集市的一個角，我們發現了一個長得像個風乾的茄子般的乾瘦老漢，他的腳下就擺著幾隻七八十斤重的死豬。我們趕緊招呼持偷拍機者「開機」，持機者竟立即把手伸進包裡，當街摸摸索索地開了機。好在這些老鄉沒見過偷拍機，也不知道那個會發光的東西是幹什麼的。在乾瘦老漢旁邊，我們問：「今天收了幾隻了？」

老漢正在卷旱菸卷，頭也沒抬就答道：「就這幾隻，今天肯定不少。」

我們蹲下來，用手提著一隻死豬，假裝仔細打量豬的成色怎麼樣，持機者也蹲了下來，直接就拿鋼筆式鏡頭對著這幾隻死豬拍了個夠，然後轉向老漢。老漢對著鏡頭「叭嗒、叭嗒」地抽開了捲菸，對我們的發問一點也不懷疑。

「這些豬都是怎麼死的，毒死的吧？」

「都是鬧（毒）死的，都是吃了耗子藥鬧（毒）死的。你看，這個都死好幾天了，肚子這地方都有點落（腐爛）了。」老漢瞥了我們一眼。

「這個還能吃麼？都這樣了？」我們明知故問了一回。

「哪個講不能吃，弄好了一樣吃。」老漢不耐煩地答道。「這裡原來是個市場，它還分季節，有時候冬天冷了，一場有十多二十噸，有些是毒死的，有些是病死的，各種樣式。」

據知情人介紹，當地人用的耗子藥的主要成分是氰化鉀，狗主要是吃了被毒死的耗子致死的；而死豬大部分都是得了瘟病。

我們站起身來四處一看，嘿，這地方生意可好得不行，只要是兩個以上人站在一起的，甭看，准是在進行死豬、死狗、死貓的買賣。

在集市最熱鬧地段，一個用木樁搭建的簡易飲食店門庭若市，人流如織。一位留著山羊鬍子的精瘦中年男子正忙得一頭是汗，他嘴裡不停地和進進出出的人們打著招呼，手裡不停地切著熟肉。經當地人介紹，這個中年男子就是名震方圓百十來裡的周「瘟豬」。幾年前因為超生第四個女娃，他舉家出逃至此，帶著老婆和三個女兒做起了用死豬、狗肉做菜的小飯館生意。這傢伙倒有一手好手藝，做的飯菜相當可口，價錢也便宜，一般一個人吃上一盤肉菜，喝上二兩當地的米酒也就三四塊錢。在這些個窮鄉僻壤，平時都捨不得吃肉的鄉親們，往往會在趕集時，掏出幾塊錢到這裡大吃一頓，解解饞。但他們壓根

也沒想到，「周瘟豬」店裡賣的這些肉，全是病死的豬、狗肉，不過即使他們知道了，也包准不會斗膽吃螃蟹，因為肉香對他們來說，實在是一種難以抗拒的誘惑。

我們走到小店門口，與正忙著做生意的周「瘟豬」攀談起來。周「瘟豬」很熱心，「欣然」接受了我們的暗訪，面對我們手中的鋼筆鏡頭侃侃而談。他搞這個餐館，生意確實十分興隆，除了趕集的時候，平時來吃的人也很多，他指著砧板上死豬肉說，這些豬肉都是從農民那裡收來的病死豬做的，每天他都能收上十多二十隻，晚上就把這些豬都做成醬肉。他指著店鋪裡面的那張小床說：「那下面就有我

今天收來的豬。」我們順著他的手指看去，床下果然有幾隻死豬，有的已經發青了，有的都快爛了。周「瘟豬」還告訴我們，這些豬都是得病死的。據我們了解，腹傷寒、爛腸瘟是這一帶豬最易得的瘟病。

以下是周「瘟豬」和我們的一段精彩對白：

問：「你這些肉全都是那些小豬做的？」

答：「是，都是小豬做的啦。」

問：「可以吃嗎？」

答：「可以啦。」

問：「這些小豬是咋死的？」

答：「得病嘛，得病死的。現在沒多少是毒死的，都是病死的。」

問：「這些肉吃了沒問題嗎？」

周「瘟豬」拍著自己的胸脯答：「沒事啦，你放心啦，我都吃啦，小孩、老婆都吃啦。我做了那麼多年，都是今天買來，明天後天就把它做了賣了。不像這裡有些人，他們把收來的豬放入冷庫，再賣出去，那樣時間長了就包不准有問題啦！」

周「瘟豬」今天的生意確實十分火爆，他的三個小女孩也幫著父母在飯店裡面跑來跑去，給客人們倒酒、端菜。客人中多數是起早前來趕集的農民，有老人，有小孩，一個個端著飯碗，吃得津津有味。

看到這些，我們不由地想起了1995年在哈爾濱採訪私屠濫宰時的情景。那次，我們在哈爾濱的一家寄生蟲醫院裡看到了至今難以忘卻的一幕：一個白白胖胖，大約十來歲的小孩，因為吃了病死豬肉而得了豬囊蟲病，變成了植物人，他神情癡木地看著我們，當我們問他的名字時，他想說卻什麼也說不出來，眼角滾落串串淚珠。

周行的《蜀報》記者告訴我們，1999年5月，在離這不遠的大邑縣韓場中學，有75名中學生因為吃了死因不明的豬肉而集體食物中毒。

　　就在我們發愣的時候，周「瘟豬」的小飯鋪門口來了一位背著竹簍的駝背老人，他滿頭的白髮在清晨的寒風中格外顯眼，他兩眼直勾勾地瞪著周「瘟豬」店裡那些誘人的肉，艱難地咽下了一口口水，摸了摸發癟的口袋，一步一回頭地走了。

　　見此，我們的心裡真有種說不出的滋味，這些農民太難了，好不容易弄來的兩個錢，卻只能填進像周「瘟豬」這樣黑心人的口袋裡，而且吃到的都是病死的豬、狗肉。他們不會想到，可能就是今天吃的這一盤死豬肉，會害了他們一生，甚至當場就要了他們的命。

　　等到估摸著偷拍得差不多了的時候，我們決定冒一把險：直接拿大機器出來拍。這是個相當危險的決定，但我們已經被周「瘟豬」等人的惡行激昏了頭，幾乎沒加思索就跑回車取出了大機器。剛開始，周「瘟豬」沒注意，她老婆一看有人攝像還挺高興，嘴裡嚷著：「好啊，好啊，上電視了，多拍點，多拍點。」一不會，她就覺出不對頭了，也不知她衝周「瘟豬」說了什麼，周「瘟豬」臉色立即大變，握著菜刀的手就伸了過來，不停地揮動，不知是想擋住我們的鏡頭，還是想砍我們。

　　這時候可千萬不能示弱，更不能跑，否則就完了。畢竟邪不不正嘛。說時遲，那時快，我們中的一個就箭步衝了上去，伸手把他的手腕握住，聲色俱厲的喝道：「想幹嘛！小心點！把刀放下！放下！」周「瘟豬」也不知道我們的底細，雖然嘴還挺硬，但握刀的手卻軟了

下去。

　　拍完了周「瘟豬」，我們並沒有立即走，反而大搖大擺地在集市上東拍西看，一點也不慌。這倒把他們給整迷糊了，不知道我們有多少人。但一上車，我們便心急火燎地喊開了：「快開車！快開車！撤！」

　　將販賣、加工死豬、死狗的素材偷拍到手後，我們決定走訪最大的業主——成都高新開發區冷凍廠。計畫分兩步進行，首先是進去暗訪，等暗訪成功後，再跟隨檢疫人員去冷庫進行檢查、執法。

　　冷庫在成都城郊，老闆的辦公室設在二樓。我們進去後，看見牆壁上掛著經營證、營業執照，有一塊木牌特別醒目，上面赫然寫道：「高新區石羊畜牧醫站、驗切檢疫點。」在屋角一個巨大的金魚缸裡，幾條美麗的金魚擺弄著優美的姿勢。據深諳此道的記者介紹，一眼就能看出那是金魚中的極品，每條的價值都在萬元以上。

　　辦公室裡生意十分繁忙，電話不斷。工作人員一聽說我們是來找趙老闆的，立即熱情地把我們讓到沙發上坐下，一個操著廣式普通話的中年人通完電話後，告訴我們趙老闆隨後就來，並且熱情地向我們介紹生意情況。可能是生意相當好的原因，他的心情不錯，他說，今天早上他們剛剛發走20多噸貨，都是發往廣東的。根據我們事先了解的情況，知道此人就是冷庫老闆之一——老高。

　　於是，我們決定先和老高套套磁。我們對他說明了來意，他明意

地對我們說，這裡的生意十分紅火，已經從以前的一個單純冷凍、加工的冷庫發展到現在的收購、加工、銷售一條龍服務了，如果我們有興趣，不妨可以去樓下先看看。這正中我們的下懷，我們當然同意了。

有老闆的授意，工人很快就替我們打開了冷庫的大門，正在忙著裝車的工人們好奇地看著我們。我們也特地看了一眼那輛車的車號：是一輛廣東車。替我們開門的小夥子說：「我們老闆的生意可做大了，廣東、湖南、貴州都來要貨，這車貨就是發往廣東去的，全是狗肉。」

偏偏在這節骨眼上，我們的偷拍機又報警了，跑到廁所一看，沒帶子了，而其他的帶子還在外面的車上。我們藉口去看看我們的車來了沒有，出去換了帶子。還好，回來不久，冷庫老闆趙連榮就回來了。

一輛紅色桑塔納開進廠門，停在庫房邊，下來一位中年婦女，打著手機開了車門。好個趙老闆，身體矮小，兩隻鼓鼓的大泡眼，好像永遠沒睡醒。我們趕緊過去和她交談，當我們說想進點貨時，她手一揮：「可以，我帶你們冷庫看看去。」

重新進到冷庫仔細一看，我們不禁大吃一驚：好一個冷庫！這裡足有幾千平方米，裡面從地下到庫頂，堆得滿滿當當，大約有好幾十噸冷凍加工好的死豬、死狗肉。在門口的左邊，一大堆豬下水、豬內

臟泛著可怕的綠光，在左右兩側的急凍室裡，一隻隻鐵盆裡盛著死狗，碼得整整齊齊。在這裡，我們還看到大批標有「湖南小香豬」的紙箱，有的還打著英文標籤。趙老闆告訴我們，這些紙箱是湖南那邊派人送過來的，他們生產、加工好以後，就放在這種紙箱賣出去，據她自己說是因為湖南的乳豬最有名氣。當時冷庫的溫度至少是-10℃，工人們都穿棉大衣，身著單衣的我們在裡面待了幾分鐘就冷得受不了，不得已只好出來暖和一會再進去偷拍一會。

等裡面拍得差不多了，我們開始同趙老闆談開了「生意」。我們問：「這些凍好的豬狗肉都銷往哪些地方？」她告訴我們，地方多著呢，哪裡都有，「我們主要銷往廣東、貴州、湖南。花江狗肉，在廣東深圳銷得最火。」至於價錢，每噸一般都在1萬左右，要便宜的也有。對我們沒完沒了的盤問，趙老闆顯得有點不耐煩了：「你們到底要什麼肉？我們做買賣的就圖爽快！」說著，她就吩咐小夥計把剛剛加工完的死狗拿出來給我們看。小夥計從冷庫內拉出一個鐵盆，裡面放著兩隻剛剛加工完的狗，軟軟的，和以前我們看到的一模一樣，我們本能地表現出厭惡感。趙老闆好像看出了什麼，說：「這種狗現在看起來不太好，是因為還沒有在急凍室裡凍，上午才注的水，如果凍了，和你們剛才在庫裡看的就一樣了。」當我們故意問這些狗為什麼是水淋淋的時，工人們被我們的無知惹笑了，說這是因為剛剛注了水，很正常的，裡面的肉沒凍以前和這些都一樣。

最後，趙老闆給我們攤了牌，如果真想要，壞狗可以6500元一

噸，死豬肉可以6000元一噸，並解釋說，有好多外地的食品廠都在她這裡進貨。

商量了半天價格以後，看著記者只打聽而不真正想買貨，趙老闆對我們產生了懷疑，提出要看我們的身份證，我們藉口身份證放在外面的車上了，便趁機溜了出去。

等我們跟著衛生檢疫部門的執法人員再去的時候，趙老闆一看，什麼都明白了。

當執法人員從這個冷庫裡當場查獲大量的病死豬、狗肉和用來加工腐肉的雙氧水、片城和其他化學物質時，趙老闆對著我們哭了：「小兄弟呀，我把你們當做買賣的自己人，什麼都說了，誰知你們是——這下可把我害慘了。」

據我們後來了解，趙老闆在我們採訪完幾天後就被抓了起來，不過沒幾天就又出來了。現在，她接著幹老本行。另據了解，成都周圍加工病死豬、狗肉的非法活動在蕭條了一段時間後，又死灰復燃，且在愈演愈烈之勢。

地下遊客

和以往偷拍不太一樣的是，在這次偷伯過程中，攝像機一直是堂而皇之暴露在外面的，而事件很難浮出水面，它需要耐心地等待和及時地捕捉。

從小到大曾去過不少地方旅行，但1996年夏天「昆明——西雙版納」之行，給我留下的印象卻尤其深刻。一方面是當地的景色十分迷人，但更重要的原因是，在那次旅行中，我足足做了7天的「地下遊客」。

1996年，「中國質量萬里行」報導重新開篇之際，適逢旅遊旺季，對旅遊服務質量的不滿成為當年消費者投訴的熱點。為了將這一質量問題的最新動態及時、真實而又深刻地在電視屏幕上表現出來，最好的辦法是「親自嘗一嘗梨子的滋味」。因此，在領導的安排下，我和《晚間新聞報導》組的編輯小姜，在7月報名參加了一家頗有名氣的旅行社組織的「昆明——西雙版納7日遊」。為了不引人注意，我們的公開身份是「表姐妹」，而我們手中唯一的「武器」不過是一台普普通通的家用「掌中寶」攝像機。

　　初踏上雲南的土地，心情非常複雜，異鄉的新奇感很快便被「完不成任務怎麼辦」的擔憂所取代。因為第一天，一切看來都似乎無可挑剔：旅行團裡除了我們，只有北京某家單位四個結伴而行的同事，導遊小組任務量小，態度稱得上熱情周到，旅遊路線基本符合預先計畫，旅館是事先講好的二星級，飯菜的質量也還過得去……但愈是這樣，我和小姜便愈是擔心（事後發現這種擔心純屬多餘），兩個人憂心忡忡地度過了我們在雲南的第一天。回旅館後我們相視苦笑。

　　和以往偷拍不太一樣的是，在這次偷拍過程中，攝像機一直是堂而皇之暴露在外面的，而事件很難浮出水面，它需要耐心地等待和及時地捕捉。所以，在漫長的7天時間裡，不暴露自己的身份而又能拍到需要的東西是此行頭等大事。

　　為了不錯過重要的鏡頭，每天晚上，我們都要確保將攝像機的電池充滿，白天遊玩的時候，為了消除大家的疑心，我們也和別人一樣手握攝像機東張西望，一副悠哉悠哉的逍遙模樣。其實，我們大部分時間心思根本沒在景色上頭！怕電池用光，我們常常只是拿著機器擺個樣子，並沒有真正開機，好在大家心繫美景，沒人注意過這件事。

　　而在別人都專心吃飯或就有關服務問題詢問導遊小姐時，卻是我倆最忙的時候。經常是小姜衝在前頭組織或參與討論，我則故意在大家面前擺弄攝像機，東拍拍，西照照，並且嚷嚷幾句，「推、拉、搖、移我怎麼還掌握不住啊？」或者是「不抓緊時間練練，待會兒又拍不好景色啦！」如此反覆幾回，從導遊到遊客，人人都知道這個團

裡有一好學卻又比較笨拙的姑娘，等下次我再不合時宜地掏出攝像機時，幾乎每個人都能非常「理解」地做到了熟視無睹。太好了，我要的就是這個效果！

事情從第二天開始有了轉機。按照旅行社的日程安排，我們一大早便坐車前往石林，然而，當導遊小姐招呼大家下車時，我才發現要參觀的第一個地方竟然是一家玉器商店！有戲了！我和小姜交換了一下眼色，都來了精神。我們故意慢吞吞地走在後面，在商店門口迅速地拍下了旅行團在導遊小姐的率領下走進商店的鏡頭。

這是一家昆明市旅遊局的定點商店，前店後廠。導遊小姐先是不厭其煩地帶著我們參觀玉器的各道加工工藝，讓大家對雲南的玉器藝術有個直觀的了解，然後，遊客「順理成章」地來到了前面的櫃台，小姐此時更是熱情，一旦哪個遊客對商品表現出購買興趣，她便以行家的語氣幫你分析玉器的優劣，自告奮勇地幫你砍價，甚至為了給遊客爭取低價，和售貨員吵得面紅耳赤。看著這麼精彩的表演，我幾乎興奮得喘不過氣來。小姜早已進入狀態，手裡掂著一塊標價高達19800元的翡翠掛件和售貨員慢慢砍著成色和價錢，旁邊是顯然十分激動的導遊小姐……

這樣一個極有說服力的場景，不錄下來實在有辱使命。我悄悄地把攝像機打開，靠上前去，可惡的是商店裡光線很暗，為了保證畫面和錄音質量，我得儘量多拍鏡頭備用。此時，我的舉動終於引起了導遊小姐和售貨員的注意，他們警惕而又禮貌地問我拍這些有什麼用，

我想都沒想便脫口而出：「從沒見過這麼多漂亮的玉器，拍回去讓家裡人也看看呀。」

或許是手裡的這筆生意太誘人了，這樣的理由居然搪塞了過去。最終，小姜僅用800元便買下了那塊據說是「價值連城」的掛件，另外四位遊客以每個1400元的價格買了四個掛件，而它們原來的身價，竟然是每件16000多元！這一切，都被鏡頭如實地記錄了下來。

導遊小姐對自己的砍價成果看來很是滿意，興奮得把我們領回車裡後便消失了一會兒。我和小姜雖然很清楚她現在去幹什麼，但為了不打草驚蛇，我們決定暫緩行動。那一天，我倆和導遊小姐都很高興，只是我們知道她高興的原因，但她並不清楚我們肚裡的秘密。

類似的情景後來上演了多次，有時甚至去一個景點，前後要被安排購物兩次，而在出發前和旅行社簽定的合同根本沒有提到這些「安排」。因為第一次的鏡頭比較成功，所以我們便不再著急充當購物者，而有了更充裕的時間觀察導遊和司機的行動規律。心裡有了譜之後，我們決定抓緊時機，拍下他們和商店背後交易的實證。

此時發生了更好笑的事情。在離開昆明之前，個個身體健康的遊客卻被帶到了雲南省中醫學院，穿過幾排櫃台，我們來到一間明亮的教室，黑板上有雲南特產中草藥的掛圖。這是幹什麼？人人眼中都流露出費解之意。我自己雖然也是一頭霧水，但憑直覺，這極有可能是條好新聞！大腦立刻進入緊張狀態，手中的攝像機隨時準備著。

　　不一會兒，一名年輕的醫生走進來，指著掛圖講起課來，並指點我們平時如何進行自我保健，近半個小時過去了！好奇的遊客們有點著急了。此時，又進來兩位和藹的老中醫，要給遊客們免費號脈，三個大夫都絕口不提錢的事，導遊小姐也安靜地守在一邊，不停拍攝的我開始拿不定主意，開始懷疑自己是否在「以小人之心，度君子之腹」。

　　然而，就在此時，用心良苦的醉翁之意終於曲折登場了。號完脈後，幾位遊客都被「發現」了幾種不同程度的毛病。大夫和導遊小姐也很是替他們著急，但是沒關係，該學院研製出的19種新特藥品（就在外面櫃台裡）正好可以醫治這些病症，這不是遊客們天大的幸運嗎？此時不買，更待何時？！有了前幾次的經驗，我拍攝得更加沉穩和隱蔽，其實，大夫們只顧忙著開藥，遊客們剛剛受了驚嚇，哪有人注意到我在幹什麼！

　　幾位同行的中年遊客買了2000多元的藥品，面帶複雜的表情跟導遊小姐上了車。好戲肯定在後頭！我和小姜聲明要去洗手間，迅速地

躲在櫃台旁一處屏風的後面。果然，幾分鐘後，司機又回到了收銀台前……再不能錯過機會！我們趕緊一個觀望，一個拍攝，由於心情緊張，再加上離他距離較遠，「掌中寶」拍特寫不太穩定，所以，這個鏡頭有點晃晃悠悠，但能記錄下來已足以說明問題。

不幸的是，司機拿完回扣路過櫃台時發現了我們，好在我們已及時關機，表情還算比較自然，他顯然有點緊張，但並沒多問什麼，我們更是按捺住激動的心情，不作任何解釋。第二天我們就要去美麗的西雙版納啦。

在西雙版納，我們被包給了當地的旅行社，而且被強制和另一個來自溫州的旅行團共同遊覽。北京的幾位遊客幾經抗議也未奏效。這兒的風景雖美，但旅行安排卻好像是昆明的翻版，每天重複著「購物——遊覽——購物」的模式，大家已經習以為常。而我倆過了最初的興奮期，此時更加冷靜，「表姐妹」之間的交流愈發默契。每天除鬥智鬥勇地儘量多拍鏡頭外，已經多次進行了對導遊小姐的「採訪」。當然，這一切都是在不知不覺中進行的，因為小姜的包裡還裝有一部小採訪機。

由於暴雨和滑坡的緣故，原計劃遊覽的植物園和中緬邊境都沒有去成，導遊小姐沒有任何要賠償的意思。飯菜的質量也慢慢讓人無法忍受了，雖然這兒的物價比昆明要便宜得多。另外四名北京遊客臨行前每人多交了600元錢，聲明要住三星級酒店，但他們也一樣被安排

在二星級飯店裡。導遊解釋說：「沒有辦法，西雙版納只有四星和二星的飯店。」最具戲劇效果的是，這句話剛說完不到10分鐘，我們就在街頭發現了一家三星級酒店。

當然，所有的一切，都沒有躲過我們的鏡頭。作爲一名記者，心裡其實很不是滋味，雖然有順利完成任務的喜悅，但更多的還是對此類行爲的憤慨。要知道，我們選擇的是一家在國內頗有名氣的旅行社，旅行路線也是多年來發展得比較成熟的一條，享受到的服務水平尚且如此，那麼，國內近年來急劇增加的各種旅行社和倉促上馬的旅遊項目究竟如何也就可想而知了。

回北京後，我們和那幾位旅客（回北京前夕，我們已向他們說明了身份，也得到了支持）帶著買來的幾件翡翠來到國家珠寶玉石質量監督檢驗中心進行檢驗。不出所料，這些所謂的「翡翠」要麼是染色石英岩，成分和普通玻璃基本相同；要麼就是將低檔翡翠用強酸清洗後再人工添加填充物製成的翡翠B貨，價值只是天然翡翠的幾十分甚至幾百分之一！

有了這麼強有力的證據，再加上7天裡積累的充足鏡頭，我們很快製作了兩條片子在《晚間新聞》中播出，收到了很好的社會反響。

至今回想起來，這7天的雲南之旅仍然是我偷拍經歷中最漫長和最難忘的一次。從記者私心的角度講，這樣的經歷當然是越多越好，但站在理智的角度考慮，能讓記者減少這樣的偷拍機會才是一個社會日益完善的重要標誌。

第三章　獨眼看世界

暗訪「神仙大師」

大師當著眾人的面劃著了一根火柴，點燃這張人民幣，人民幣頃刻間化為灰燼。大師將紙幣灰放到一個酒杯裡，倒上半杯啤酒，仰脖一飲而盡，接著開始發功……

富麗華大酒店燈火輝煌，乳白色的大理石牆面，金黃色的吊燈，豐盛的美食，衣冠楚楚的人們推杯換盞……

「諸位請安靜，現在我們請大師為我們表演一手絕技。」

話音未落，席間站起一個人來。此人生得方頭大耳，身材肥碩。藏青色的西服，配著花花公子的西服背心。他大約有50歲，保養得很好，只是頭髮有些稀疏。在油光光的髮蠟作用下，稀疏地趴在碩大的頭頂上。有意思的是，所有的部件都顯得十分寬大的臉上卻帶著一副細細的金絲眼鏡，也許是因為他的眼睛在整個五官中的比例顯得小了一點，也許帶上眼鏡後就顯得更加朦朧和神秘。他先像部級領導一樣環顧了四周，然後才慢慢地說：「電視台有個節目叫『信不信由你』，我現在給大家表演的也是『信不信由你』。」

此時，大師旁邊又站起一個人來：「大師剛才所說的那是一種謙

虛，其實嚴格地講，不應該叫做表演，而是一種功，一種發自九十九重天的『浩然之氣』。只有採到這種氣，才能夠達成功德。這種氣也可以說是無所不能的，它能夠化腐朽爲神奇，化無爲有，化有爲無，全在一念之中。下面就請大師爲我們做一個試驗。」

人們都睜大了眼睛，那個人又說：「請大家每人拿出一百元人民幣來，全部交到大師手上。」

然後又請一個拿著一百元人民幣的人，用鋼筆在上面寫上自己的名字：王波濤。大師當著眾人的面劃了一根火柴，點燃這張人民幣，人民幣頃刻間化爲灰燼。大師將紙幣灰放到一個酒杯裡，倒上半杯啤酒，仰脖一飲而盡，接著開始發功，他先把收上來的人民幣（大約兩千元）放在手裡，搓了又搓，突然一拍，人民幣頓時全無！接著大師開始兩手舉天，做「白鶴亮翅」狀，又左右搖擺，上接天氣。

此時旁邊的那位又開始解釋：「剛才大師是把大家的錢化作一種功能送到了九十九重天，由此從那裡接下『浩然之氣』。」

有人問：接「浩然之氣」必須是人民幣嗎？

那人解釋道：「我們現在給大家做的就是人民幣化無爲有，所以需要用與人民幣相應的東西，才能採到相應的『浩然之氣』。」

有人又問：「這麼說『浩然之氣』是可以用人民幣採到的了？」

那人搖了搖頭，一臉的不屑：「這你就不懂了，萬物均有定數。

不可替代的。」

此時大師似乎已「功德圓滿」。兩手托住他的啤酒肚，上下撫摸了一陣，最終「咯咯」有聲。不一會從嘴裡吐了一張卷卷的人民幣，慢慢地向大家展開。

只見剛被燒掉的人民幣完好無損，用鋼筆寫的「王波濤」幾個字歷歷在目，彷彿墨跡未乾，所有的人都爲這場表演驚呆了。忽然有人說：「咦，怎麼這裡缺了一個角？找找看，找找看。」

那個叫王波濤的人突然說：「你們別找了，這個角是我撕下來的。」說完展開手掌，手心中果然有那人民幣的一角，剛好是大師變出來的人民幣缺的那一角。

王波濤說：「我爲了確實證明這張人民幣沒有調換，偷偷地撕下了一角，這點大家誰都不知道。我這樣做就是爲了證明眞僞。現在好了，眞僞立判。大師的功法果然神奇。」

隨著他的話音，大家鼓起掌來，席間一派熱烈、喧騰。

回到賓館的房間裡，一直在從事偷拍的記者打開了攝像機，開始重播開始那一段精彩的錄影。他的偷拍機鏡頭一直對著大師，從表演到結束，機器一直是開著的。現在他一幀一幀地在尋找，希望在鏡頭中找到大師在表演中的破綻。然而令他失望的是，偷拍機記錄的一切和他眼睛看到的一切沒有什麼區別，難道大師眞的是從九十九重天接

來了「浩然之氣」，把那燒了的一百元變了回來？可是大家交的那兩千元怎麼卻變不回來了？這裡面一定有文章！用兩千元換一百元，這個買賣可謂包賺不賠。再加上大師吃穿等用度，這一場表演下來至少也得三四千元。爲什麼大師要這麼幹呢？記者從偷拍機中找不到答案，但是他心裡明白這是一場騙局，只是騙局的手法似乎太高明了。記者不甘心，他還要想辦法揭露此事。

　　第二天，他聽朋友說那位大師將由一個大老闆陪著去康福宮做表演。事先記者就開始做準備，他先找到了康福宮的經理，公開了自己的記者身份，要求康福宮的經理配合。康福宮是一個中外合資的飯店，經理本人對此表示毫無異議。於是記者在大師到達之前的兩個小時提前進了大師表演的包間，在安排大師的座位背後安置了兩個攝像頭，更爲主要的是在桌子下面又放置了一個攝像頭。等這一切佈置好的時候，大師和賓客們也陸續到了。

　　只見這位大師像記者上次看到的那樣，一臉的超然物外，又是一陣子推杯換盞。大師站起身，還沒說什麼，緊隨大師的那位說明人又搶先發言：「各位，請安靜一下，現在大師給大家做一場特殊的表演。說表演，其實不是表演，是大師從九十九重天接來『浩然之氣』」……

此時偷拍機也開始了工作。這次偷拍，記者可是花了功夫。他的偷拍機是一個眼鏡機，眼鏡的中央有一個針孔大的攝像頭，它可以從正面拍攝到大師面前的一切。在他的側面，還有一個記者，他也是被請來的嘉賓。在他的手包裡，放著一個小攝像機，從側面對著大師。而那三台事先放置好的攝像機，有一根引線通到了地毯下，然後又通到了另外一個包間。這個包間是記者事先就包下來的，裡邊也有五六個人叫了一桌子菜。所不同的是，這些人對桌上的菜幾乎是一口未動，他們的眼睛一直緊緊地盯著包間裡那一台二十九吋的電視機屏幕。

偷拍機開始工作了，電視屏幕上出現了大師的背影。記者把鏡頭一轉，鏡頭又切回到桌子底下，這個攝像頭具有夜視功能，它可以憑藉微弱的燈光將前面的影像清晰地拍攝下來。

只見屏幕上忽然出現了一個人的腦袋，觀看屏幕的人忍不住叫了起來，「呀，桌子下面有人！」大家齊聲說：「輕點輕點，別讓隔壁包間的人聽見。」

這位躲在桌子下的老兄，靜靜地坐在那裡，他幾乎挨著大師的兩腿，看來他會一直這樣坐下去，肯定也是事先埋伏在那裡的。好在安攝像頭的時候他還沒來，不然兩方面碰頭，一切都要穿幫了。不過這位老兄也夠可憐的了，躲在桌子下面至少需要三個小時，不吃不喝，又悶又累，還要不斷的領教圍著桌子大吃大喝的人們隨意排出的各種

氣味。現在記者們都在爲這位桌子下神秘人物擔心。如果他萬一暈了過去，大師的『浩然之氣』豈不是要泡湯？

鏡頭又回到大師的包間，大師已經開始收錢了。他把兩千元緊緊地攥在手裡，搓了又搓。忽然一拍，兩千元人民幣消失了！這完全是魔術手法，本沒什麼稀奇。

席間忽然有人不知出於何種目的說：「大師請等一等，這兩千元消失得十分蹊蹺。我想看看是不是您像變戲法一樣藏了起來。」

大師聽了很不高興，說道：「我剛才和大家已經講了，信不信由你，錢是變不回來了，已經去了它應該去的地方。如果你還想要回來，也不是不可以。請你再拿出一百元寫上你的名字，我會把它用功法送到一個地方去，最後它還會回來。」

那位發問的人似乎有點固執，他說：「我現在只想了解那兩千元的去處。」

這時又有一個出來圓場的：「老兄，你等一等，請大師先給我們表演絕技之後，你再去討要兩千元。」

發問的人坐回椅子上不說話了，大師顯然不高興，他用手點了一下發問的人，「這位老兄今年運勢不佳，可能心情不大好。這與你昨天做的那筆買賣有關吧？你昨天是不是賠了一些錢？」

發問的人臉色突然變白：「你怎麼知道的？」

大師答道：「正所謂『若想人不知，除非己莫爲。』還有一句話，『天知地知，你知我知』。你昨天不是有一批貨因爲晚到了幾天人家不要了嗎？」

客人感到十分震驚：「連這你也知道？」

大師哈哈一笑：「告訴你吧，那筆錢命中不歸你。失去了是爲你好啊！若想強得，後患無窮。不過我可以告訴你，今後還有財源可進。」

大師的一番話說得發問的客人連連點頭，顯出了一臉的恭敬。

桌下的攝像頭這時候卻記錄著那位桌下的「君子」正在黑暗中數錢的鏡頭。

表演開始了。大師將一張寫著人名的百元人民幣用火點燃，突然有人提議：「請關燈。」接著室內一片漆黑。

「糟了。」正在偷拍的記者心裡一陣暗叫。這樣一來就什麼都拍不到了，只有桌下的攝像機有夜視功能。

三秒鐘之後，屋內又亮了起來。燃燒的人民幣已經化爲灰燼。大師拿著燃燒人民幣的手一直懸在空中。不可能做什麼替換。由於關燈的時候，手中的火焰還在燃燒，大家還相互能看得清。此刻作弊也是很難的。

大師將灰燼放到酒杯中，再次倒上了半杯啤酒……錢幣從口中吐

出！……錢上的字跡清晰！……人民幣缺了一個角！……王波濤說是他暗中撕下的角！

偷拍的記者感到這次又不大妙，可能又沒拍到什麼東西。不知道誰關了那一下燈，那是最關鍵的時刻啊！他裝作上衛生間的樣子，趁著大家還在熱烈討論的時候，他溜出了包間，轉身進入了另一個包間。包間裡的同事們還在調試著偷拍機，電視屏幕上看到的還是那位躲在桌子下面的老兄，手中居然多了一個可樂瓶子，也不知道是誰送給他的，他正忘情地喝著飲料。看到這，幾位記者禁不住罵開了：「這位大師真不是東西，讓『浩然之氣』一個人躲在桌子下面，怎麼對得起九十九重天啊！」記者們把串通在一起的人都用大師的術語替代了。

偷拍的記者此時說：「你們別亂發議論了，還是看看我剛才拍的吧。剛才那一下黑燈，什麼都看不見了。」

大家七手八腳地把偷拍機的連線接到了電視上，開始重播剛剛的「精彩時刻」。

屏幕上出現：燈忽然滅了。大師手中的火光一閃一閃的，照得桌邊的人一個個鬼臉似的，甚是有趣。在大師身後的偷拍機似乎是記錄下了什麼，但是一切都看不清。

「把這一段再重放一遍。」

鏡頭又回到了熄燈前幾秒。只見一個人影正急忙去關燈。

「慢慢地放，一幀一幀的進行，定格。」

只見那個關燈的人手摸在開關上──王波濤！

看來他與大師脫不了干係。很有可能這個戲法就是他和大師聯手做的。當時兩人聯手的鏡頭沒有拍到，看來只有跟蹤王波濤了。

記者又回到了大師表演的包間。此時，大家似乎已酒酣興盡。記者決定跟蹤王波濤。王波濤是一個企業的老總，他的住址距賓館並不遠，記者帶著偷拍機事先躲到了賓館的走廊裡，等待這些人出來。

果然，王波濤從走廊迎面走過來，他周圍還有很多企業同仁，大師卻沒有跟他來。大師在幹什麼呢？記者趕快打電話，問那些還守在包間裡的其他記者。

「喂，大師從包間走出來了嗎？」

「走了，他剛走。不過我們拍到了好東西。桌子下那個「浩然之氣」鑽出來了。看他的狼狽相，八輩子沒吃過東西似的，把桌上的殘羹剩飯幾乎是一掃而空啊。」

「你都把他拍下來了嗎？」

「拍下來了。『浩然之氣』這時正拿著別人喝過的飲料狂飲呢！」

王波濤走到賓館門口忽然站住了，對大家說：「我還有些事，你

們先走。」

　　他把所有的人一一送上了車。回轉身沿著走過的路返回，上電梯到十八層，然後去敲一個房間的門。

　　這個房間恰恰是那位大師住的。偷拍機忠實地記錄了這一切……

公路背後的不公

俺們出了那麼多錢，把豬娃兒都賣了，還不是想通過修路致富嗎？現在可好，路修好了，錢砸光了，什麼都沒有換來。公家把路拿走了，現在卻一個錢不還給我們。明天我就把這條路扒了！

秋天的雁北高原，穀子熟了、油麥黃了，山野一遍耀眼的金色。一輛綠色的越野車在公路上疾馳，車裡面的音響傳出了走西口的曲調。

公路上的車很少，很長時間裡只有這一輛車在行駛。突然，車內冒出了一陣藍煙。接著，煙霧變得越來越濃，越野車失去了控制。在山路上左搖右擺，然後，一頭栽到了溝底。

這是電視台有史以來發生的最嚴重一起車禍。兩名記者受傷嚴重，司機死亡。攝像機以及車內一切物品全部隨著汽車的火焰化為灰燼。在這一起嚴重事件中，記者偷拍的帶子全部被毀。

事情還是要從一位農民的投訴說起。

這位農民是一個山西修路的積極投資者。他把從社會集資和借貸

來的錢全部都用來修路。當時縣領導說好了誰修路誰受益。

「要想富先修路」。這已經是致富聖經中的典型語錄。可是當這條公路經過各個部門的驗收、剪綵之後，上面突然來了一紙公文：修好的公路收歸國有。而農民出的錢卻不予歸還。問題似乎出在上面。但是有方面早就明確指出：由農民出資修建的公路所有的資金和利息一併退回給農民。交通部已把這批錢撥給了地方，而山西的有關部門又把這批錢撥到了縣裡。可是錢到了縣裡以後就打住了，沒有再還回到農民的手裡。路是農民花了血本修成的，而如今卻血本無歸。農民自然是要上告，要討回本錢，有關的狀紙足有兩吋多厚，放在製片人的桌子上沉甸甸的。

關於這個問題，國務院總理鄭重地作了批示，各級領導也都一一照辦，但不知為什麼，錢就是沒有回到農民的手裡。

兩名記者隨著告狀的農民一起來到修路的地點，他們事先做了很多準備，公開的採訪都已經做完了，看不出什麼問題。看來只能用另外一種方式去了解一些情況。他們扮作這位農民的兩個堂弟，西北農民常用來包頭的手巾現在用來裹偷拍機。這一段時間兩位記者老在拍外景，風裡來，雨裡去，曬得黝黑發亮，還真像兩個陽光勞動者。

兩位記者搭著拖拉機先跟著農民來到村裡。這位告狀的農民看來是個有心的人。晚上請了不少左鄰右舍到他的屋子裡來，說是給孫子辦滿月，擺了一炕席的酒菜。酒過一巡，話就多了起來。

村裡最大的事就是村口修的那條公路，最多的話題就是啥時才能還錢。幾個農民說著說著就嚷了起來。

「俺們出了那麼多錢，把豬娃兒都賣了，還不是想通過修路致富嗎？現在可好，路修成了，錢砸光了，什麼都沒有換來。公家把路拿走了，現在卻一個錢不還給我們。明天我就把這條路扒了！」

老李頭把氣憤的吐沫星子全都噴進了人們的酒碗裡。這個村子大多數人姓李，一個小夥子比老李頭更凶：「我聽說國家早就把錢發回來了，可是到了縣裡卻被那夥貪官挪用了。你看修路這期間，縣裡多了十幾輛桑塔納，蓋了不少新房子。管修路那小子沒少貪污。」

裝扮成農民的記者立刻問道：「聽說村裡來過不少記者，當時你們怎麼不把這些情況反映給他們呢？」

「誰敢啊？」老李頭說。

「他們早就說了，誰要是往上面反映情況，修路款就不發還給誰。話是這麼說了，我們反映還是不反映，錢到現在就是沒有還。」

兩位記者在村裡參加的滿月聚會收穫頗豐。偷拍機偷了足有3盤，記錄下來當地農民反映的許許多多的問題。

第二天他們又隨著告狀的農民一起進縣城去找那個負責修路的官員，看農民再次討還血汗錢。

別看這個縣衙門不大，「道」卻很深。沒進門就被擋在傳達室

外。三個人在這裡足足磨了兩個多小時。只見人們在大門口進進出出，卻沒有人答理他們。還是記者見識廣一點，他倆對看守大門的人說要進去上廁所，一溜煙地跑了進去。傳達室看大門的人似乎也懶得理他們，只是把他認識的告狀農民擋在了門口。

院裡的廁所，距縣委辦公室只有十丈遠，廁所的後牆很矮，兩名記者著實地方便了一陣以後，逾牆而過，徑直向縣委辦公室跑去。

縣辦公室裡坐著一位胖胖的、領導模樣的人。一手在翻看報紙，一手端著一個巨大的玻璃杯，杯子足足可以裝進兩公升茶水。他見兩個農民打扮的人進來，臉色為之一變。

「誰叫你們進來的？」

「張書記。」

一名記者由於前幾天剛剛和縣委張書記打過交道，所以經他一問，張口就來。辦公室領導模樣的人沒有再發威，但還是問了一句：「你們來幹什麼？」

另一名記者趕快說：「我們是來反映拖欠農民修路款的問題。」

「拖欠公路款？我們縣裡早有規定，解決這個問題用不著你們亂反映。我還告訴你們，少到處亂告狀！你就是告到江澤民那裡，我也不怕！」

一名記者對他亂放狂言十分氣憤。

「還農民的公路款，總理都有指示。」

「總理批示有個屁用？我再告訴你們，立刻給我從這走開！不然，你們別說拿到什麼錢，我還會讓你們蹲巴籠子（牢房）！」

用白羊肚手巾裹著的偷拍機不動聲色地把這一切記錄了下來。使用偷拍機的一名記者不斷地使眼色，告訴同伴要拍的東西已經拍來了。此時，兩名記者做出受到恐嚇狀，掉頭就往縣委大門外跑去。

那位縣委辦公室的領導罵得正起勁，用手指著兩位「落荒而逃」的記者說：「我還告訴你們，以後少給我他媽的來這裡。什麼張書記讓你們來的？我還告訴你們，不給你們錢就是他張書記的決定。」

兩位記者相互對看了一下，偷拍的記者一邊跑一邊搖頭說：「糟了，我已經關機了，這麼精彩的話我沒法拍下來。」

回到了村裡，兩位記者仔細分析了一下他們暗訪的內容，感到目前所拍到的東西還有許多不足。儘管暴露了很多的問題，但是縣裡為什麼扣留這筆錢、為什麼不還給農民並沒有十分有利的證據。

有那位縣委辦公室領導的精彩表演，那也只能說明是他自己的一些觀點，並不能代表縣委的意見。只有一個事實是明白無誤的，那就是該還給農民的錢一直拖著沒有還。

第二天早晨，兩名記者開始收拾行囊，他們希望從縣裡再找出一些新的線索。正在這個時候，村頭汽車轟鳴，村裡的人紛紛在傳，

「縣裡來人啦！」

果不其然，兩輛嶄新的豐田越野挾著半天的灰塵駛進村裡。上面跳下幾個公路局的辦事人員。一個領導模樣的人找來村裡的書記和村長，要求他們召集農民開會。農民們對此非常敏感，不用召集就已經聚攏過來了，他們希望聽到好消息。好消息果然開始發佈！

「縣裡已經決定逐步將拖欠農民的修路款發還給大家。」

農民們高興了。其中有一位甚至高喊起「共產黨萬歲！」農民高興了，兩位記者卻開始犯愁。前一段時期的採訪看來要變一變了。

只見那位公路局領導模樣的人又開始說了：「我聽說最近電視台的記者要來這裡採訪，你們應該真實地向他們反映情況。不要亂說，亂說的後果是非常不好的。」

兩名記者聽到這些話，雖然感到這次採訪要泡湯，可是也為這些農民高興。

中午該吃飯了。幾位交通局的「大員」被請到村裡唯一的小飯館。還有對公路有過投資的農民。酒飯錢自然由農民來攤。酒過三巡，領導模樣的交通局幹部開始對大家說：「今天我們就帶了一些錢過來，不是全部還給你們，不是一下子交給你們。但是大部分這次要還給你們。不過最近我們有些工作上的開支，比如說應付上面的來人。為你們討還這筆錢，我們也真是費了不少力氣、花了不少錢。」

一位農民說：「謝謝領導！萬分地謝謝領導！你們為我們出了這麼多力，我們還能讓你們再破費嗎？」

的確，這筆錢拖欠農民已達一年多，今天能夠大部分還回來，已經是再好不過的了。

交通局的那位領導，抹了抹油光的嘴：「我們也沒有花太多的錢，也就是四五萬塊錢吧。」

「四五萬？！」

農民們都呆住了。是什麼樣的飯、什麼樣的招待會需要這麼大的開銷呢？

還是村長心知肚明，向幾位交通局的幹部敬上一杯酒。

「別說是四五萬了，再多一點也是應該的。」

一句話點醒了大家。農民們又開始紛紛舉杯。的確，拖欠這個村的修路款高達二百多萬，區區四五萬又算得了什麼呢？

於是，成交。

記者偷偷地打開了偷拍機，把這一「熱鬧」的款項交接場面拍了下來。

也許是太急於拍攝了，白羊肚手巾由於沒有裹緊偷拍機，偷拍機結果從白羊肚手巾中掉了出來，正好被一個交通局的幹部看到。

　　從白花花的手巾中，突然滾落出一個黑乎乎的東西，自然是十分引人注意的了，那位領導模樣的人，甚是好奇，接著臉色就由酒精滲紅的顏色變成了醬紫色。

　　「這——這是什麼東西」他一邊結結巴巴地說一邊走到記者身邊。

　　記者慢慢從桌子那邊站起身，右手掏兜，又慢慢拿出了「記者證」舉到這位領導模樣的人眼前。

　　「我是記者，你還要問什麼。」

　　「你——你拿的東西是——照相機嗎？」領導模樣的人顯然還搞不明白照相機與錄影機的區別。

　　「是的。」記者沒有否定。

　　「你為什麼把照相機放在手巾裡。」

　　「相機包丟了，用手巾包著不是也挺好嗎？」

　　領導模樣的人顯然不十分相信他的話，但也找不出什麼破綻。

　　但他還是問道：「你為什麼在這裡？」

　　「我來這裡採訪農民修路的問題，正趕上你們在村裡還款。」

　　「太巧了。」領導模樣的人忽然哈哈笑起來。

　　他用手指了指桌子，「上坐，外來的客請上坐。」人們紛紛起身

讓坐。

記者當仁不讓，坐到了「領導」的身邊，於是一場熱烈的酒會又開下去了。

為了不讓「領導們」再起什麼疑心，這位記者搭他們的新桑塔納一同返回了縣裡，另一名沒有暴露身份的記者則讓農民用拖拉機送回了縣城。

又是一天過去了，記者與縣裡的領導們晤談甚歡，次日縣裡派汽車專程送兩位記者去省裡，結果就出現了本文開始時的那件意外車禍。

自從縣裡那次去村裡還了部分農民修路的款以後，還欠農民大約一百多萬元，但是時間又過去了一個多月，就再也沒有下文了。

村裡的農民再次走上了上訪之路，同時又一次找到了電視台的記者，當製片人見到上次那位到台裡來找他的農民時，發現這位「老鄉」比上次憔悴多了，花白的頭髮，衣裳也不如上次齊整。但是他依然重複著上次的那番話。「縣裡欠俺的錢就是不給，還說俺擾亂社會，當

初怎麼說來著，說俺是爲國家分憂，是修路模範，怎麼現在就成了擾亂社會呢？」

他的車轂轆話，一遍一遍地在製片人心裡滾動著，讓這位製片人仿佛看到魯迅先生筆下的祥林嫂。

上次去暗訪，折了他兩員得力幹將，和上百萬元的攝像設備，他本人不斷遭到上面點名，儘管很少是批評性的，但是大多數是屬敲警鐘一類的，比如什麼「下不爲例啦」、「今後要以此爲鑑啦」等等。聽著絕不像是一首讚歌。

巧得很，縣裡也許聽到了農民上告的風聲，託了當地電視台的關係，到北京來運動，說情說到了製片人家裡，讓製片人也好是爲難了一陣。事情是明擺著的「欠農民的修路款，就是不還」，再沒有這麼簡單的了。

再去一次，再暗訪？製片人猶豫了很久，還是下了決心。這回又是兩名記者，帶了兩套設備，一套是大型肩扛的攝像機，用來採訪領導和有關部門的，還有一套是偷拍機。

這次偷拍，他們準備直接到縣裡，找到有關方面的負責人，開門見山的直奔主題，「省裡既然已將這筆款撥給了縣裡，而且也明確規定了還款期限，爲什麼縣裡還敢拖著不辦。」暗訪記者打著當地報紙記者的名義，進行文字採訪，偷拍機藏到小夾包內。

沒有攝像機對著他們，這些縣裡的人講起話來可以放鬆許多，真話也敢說。

　　這種暗訪的方式顯然很有效，縣裡的頭頭腦腦們見是本地的記者，居然沒有再去調查一下他們的真實性，幾乎有問必答。

　　縣交通局的劉副局長，主要負責還款問題。當記者採訪他有關這方面的問題時，劉副局長點了支菸，當青煙上升到房頂，又全部散開時，他才答話。

　　「關於這個問題，其實已不是問題，我們可以說已經解決了。」

　　「解決了？」記者十分詫異。

　　「是的，解決了。」劉副局長十分肯定地點了點頭。

　　「我們在農民出資修路時就有過一個協議，那就是路如果偷工減料，質量不過關，就不能驗收。更不用說，後來路收回上面，這些路質量根本又不合格，沒一年路面就爛了，這錢怎麼還給農民。不合格的路他只花了十來萬，回頭向我們要一百萬，這不是坑國家嗎！再說我們已經根據路況條件給了與之相等的款，這就夠了。現在有那麼幾個人，光知道占國家便宜，達不到目的就東告西告，擾亂社會。」

　　劉副局長說到這裡很是氣憤，菸都忘了再抽。

　　「路不合格就不給錢？」聽起來蠻有道理，實事又是怎樣的呢。

　　記者準備自己租個車去這些農民修的公路上體驗體驗。

　　從縣裡往上告農民那個村子大約有三十六裡路，車一直開得都很平穩，縣裡投資修的路和農民自籌資金修的路幾乎沒有什麼區別。也許是外行，記者沒有發現「質量問題」。

　　還是另一位記者有辦法，由於他搞過不少質量報導，他提出乾脆找當地質量部門。

　　看來這種採訪的方式也要變一變，第二天一早，記者來到縣質量監督局，先已經從當地人那裡了解到，是什麼人負責道路質量檢測的，又是什麼人負責公路驗收的。然後，分別直接找到這兩位。單刀直入問：「質量如何？驗收沒有？」負責質檢的是一個帶眼鏡的書生模樣的技術人員，回答得很乾脆：「質量公路技術標準大部分是合格的。」

　　問：「那怎麼有人說不合格呢？」

　　答：「不知道。」

　　問：「您什麼時候檢測的？」

　　答：「就是上個月。」

　　也就是說有關這方面的檢測是在國家已把欠農民的修路款，撥到縣裡以後的事。

　　負責驗收的人，對記者的回答也十分乾脆：「公路修好以後很快就驗收了。欠農民款的是驗收以後的事，並不妨礙『還款』。」

記者對這次採訪感到頗有收穫準備，接下來就拿著這兩個採訪結果再次找縣裡劉副局長，再看看他怎麼回答。

　　問題很快就「水落石出」了，而在這個欠款背後的故事即將展開。

　　「嘟，嘟，嘟。」記者的手機響了。

　　「喂，我是○○○。」

　　「什麼，馬上返回。」

　　「為什麼，我們已經調查出一點眉目了　」

　　「為什麼？」

　　「不要問為什麼，立刻回來　」

　　此次暗訪到這裡嘎然而止，幕布落下來。

「小光頭」暗訪偷獵

開導他的人是他的叔叔，在大西北一帶算是個小有名氣的獵人。這次有個「大老闆」出了很高的價兒請他來新疆打點東西，這「東西」中就包括「野驢」。

勁風橫掃，荒涼的大地變得很乾淨。藍天如碧，萬里無雲。亂石的縫隙中可見昨夜殘血。地平線下悄然冒出一隻孤獨的黃羊。牠小心翼翼地四處張望，用大大的鼻孔在嗅著。風過塵清，萬籟禁聲，牠膽子大了一點，開始向前邁進，直到進入了兩個圓桶似的視框中。突然槍響了，牠向上一跳，便倒在地上。清冷的空氣中夾雜淡淡的硝煙味，一個頭帶狐皮帽子的人，從看似平地的戈壁站起身來，他向黃羊倒下的地方跑去，氈靴踢出一串塵土，霧似的四處散去。倒下的黃羊睡著了，任憑戴狐皮帽子的人拖著後腿，在地上劃出一條長長的痕跡。

吉普車顫抖地開動了，一路煙塵大起，在陽光下分外刺眼。

提起「驢」字就不能不說「毛驢」。毛者，浮躁、粗糙，不安分也。毛頭小子很多地方類同毛驢。

可是在新疆，有一種驢——野驢，牠卻絲毫不見「毛驢」的德性。

原來，我們現在的家驢都是從非洲來的，祖宗是非洲野驢。而新疆的野驢卻從未被人馴化成功。牠們直到今天依然故我，依然是那樣桀驁不遜。牠們祖祖輩輩生活的水草豐盛的原野，幾經滄桑已蛻變成了茫茫荒原，生活的地域越來越小。但是牠們生活得很頑強，漸漸適應了荒漠、戈壁，牠們成群結隊，一路狂奔，「塵土揚起半天高，劃過荒漠利如刀」。就像海洋中一支疾駛的快艇部隊。

如果沒有人類，在這裡它們可謂天下無敵。

突然，爆竹般的槍聲響起，幾輛埋伏在湖邊小土丘後面的吉普車竄了出來。野驢分散奔逃，很快又聚集到一起，朝一個方向跑去。吉普車呈扇形從後面緊追上來。車上的人在呼喊，槍聲不斷。

一頭帶著小驢的母驢倒下了，後腿中了一槍，四肢在空中亂踢，就是站不起來。然後牠又抬頭向已消逝的驢群出神地望去。

真是漂亮的動物，牠的掙扎都給人一種絕望的美感。

牠看到幾個拿槍的人向牠靠近，幾次翻過身想站起來，可又幾次重重地倒下，最後乾脆不再動。彎過長長的頸，睜著亮晶晶的眼睛看著走到身邊的人。

「把牠幹掉！」一個人用槍指著野驢的肚子。

「別開槍！」站在驢身另一邊的一個頭剃得光光的人說。

「怎麼啦，不打死牠，剛才幹什麼還要追擊牠們？」

「哎，我以爲……」那個光頭臉紅了，緊緊閉住了嘴。

「你啊，還是個不開化的城裡人。打獵嘛，就是要殺生的。」另一個人開導著。

城裡人倒成了不開化的人。在這裡一切都顛倒了。光頭漢，大約二十五六歲，別看曬得挺黑，還沒曬退一臉的稚氣。開導他的人是他的叔叔，在大西北一帶算是個小有名氣的獵人。這次有個「大老闆」出了很高的價兒請他來新疆打點東西，這「東西」就包括「野驢」。

小光頭原來有一頭濃濃的黑髮，只是聽說這件事後，一定要跟叔叔走一遭。叔叔說：「你太嫩了。」

第二天，一個剃了光頭的小夥子站到叔叔面前：「怎麼樣，還嫩嗎？」

叔叔哈哈大笑，「嫩，比原來還嫩啦！」

他去新疆，沒有帶槍，卻帶了一台家用攝像機。

他和叔叔說：「千萬不要告訴任何人，我想拍一點風光、風情什麼的，可是又怕人家打獵的看見不高興，我只是偷偷的拍一點。」

「那就別帶啦。」叔叔說。

「不行，你是見得多了。可是我才第一次，要留點紀念嘛。」

「好吧，不能亂拍。」

「行啦，你想讓我拍我都不拍呢。」

「那就放回去吧。」

「不行，有時你不讓我拍，我卻想拍怎麼辦。」

「你這傢伙，總有得說。」

叔叔和侄子就這樣來到了新疆。

小光頭真的幾乎不用攝像機，整天把它藏在一個皮包夾子裡。叔叔見此也大為放心了。他知道幹這一行最忌別人拍攝。

卡拉麥裡自然保護區是野驢生存地，也是正在實驗性放歸野馬的地點。野馬自然不在狩獵之中，但是這個地區還有一種動物卻是人們追逐的物件——隼，這是一種猛禽。

所謂「鷹擊搏兔」中的鷹其實大都是隼。它比鷹要小一號，但是兇猛不讓大鵰。牠是荒漠地區遊牧民族的一種標誌，也是中東、阿拉伯國家許多富豪人家手臂上的珍品。

為了得到這種珍貴的猛禽，許多巴基斯坦人甘冒風險偷渡進中國捕獵或是收購它們，再偷運回國，高價出售給那裡的富人。一隻羽毛豐滿的隼，最少可買三萬多美元，最多可賣到幾十萬美元。

在阿爾金天山一帶，也不知何年何月飛來了那麼多猛禽，不僅數量巨大，而且種類繁多，從禿鷲、金雕，再到隼。但是，人們最衷情的恐怕就要算是這些隼了。

秋天是隼在這一帶聚集較多的季節，有時一棵樹上可以落下十幾隻隼。

狩獵的人，在兩樹之間張網以待，總有一些魯莽的傢伙撞上來。落網的隼拚命掙扎，尖屬的叫聲會引來更多的隼，一不小心又被網子纏住。

獵人們坐在遠遠的地方抽一袋莫合菸，勁大得很。小光頭只抽了一小口就拚命咳嗽，眞丟人。他越想顯得老成一點就越發顯示他本質的「嫩」來。沒辦法，他重任在肩，此處也不便說破。他眼睜睜地看著一個個珍禽寶獸，落網的落網，倒下的倒下，他只能無所作爲，甚至連話都不能多講。上次偷獵野驢，他一時失控，喊了一聲「別開槍」，差點就露了馬腳，要不是人家都認爲他「嫩」，是個不怎麼開化的城裡人，事還眞幹不下去了，而且也許會出更大的危險。因爲這些人都是些帶著槍的凶漢子，他們不是來玩

的，他們深入草原戈壁是來獵取珍奇動物的。沒有人敢在這種地方對這種行為說個「不」字，因為這是在荒漠之中。

猛禽一下子被網住了五六隻，獵人們將他們用繩子從腳到頭綁了個結實，放到一個麻袋裡，開車絕塵而去。

獵人一共開了三輛吉普，車走了六七個小時，來到一個村鎮。獵人們將車停在路邊的一個小店，女老闆熱情地招呼著他們，看來挺熟。大盤雞、拉條子，伊力特，燒刀子。喝得醉氣熏天的人們叫著，「找那個『巴浪子』來。」巴浪子，維語就是小夥子，或是年輕人的意思。

不一會兒，一個衣著乾淨的『巴浪子』來了。

「喝酒！」大家喊著，酒都倒進了巴浪子的脖子裡。巴浪子笑罵著：「你們這群惡鬼，還不快點幹正事，等會再喝。」

「正事、正事。」領頭的獵人、也就是雇傭小光頭叔叔的老闆連聲說。巴浪子跑了出去，很長時間後才又露面。嘴裡喊著：「來啦，來啦，你要我找的人我找到啦！」

這時天已漸漸暗下來。新疆的十點，也就是北京的七八點的樣子，天邊亮得很，這裡的天空總像是用強力清潔劑狠狠地洗過一番，什麼時候都是那麼清爽明亮。就連天黑下來，西邊還是那麼鮮亮得像是藍寶石在發光。

巴浪子身後跟著一個大鬍子，與當地人一模一樣，看不出有什麼異樣。

「這是『老巴』。」巴浪子介紹說。

老巴，就是巴基斯坦人，大家紛紛給他讓出個位子。

老巴向大家問好。然後坐到桌前：「真主的信徒是不喝酒的。」中國話說得蠻地道。

「我想看看幾位的收穫。」

「OK！」獵人老闆中國話都不說了。

幾個人趁著晚霞的餘輝，來到吉普車前，麻袋在動。猛禽何時受過這等曲辱？牠們一直在掙扎，簡直快瘋了。

老巴很有經驗地把這批貨一一看了個仔細，有時還用小木棍撥一撥向他怒目而視的鷹隼。

說了句大家都沒聽清的話，然後又轉成漢語：「很好，牠們看上去都很年輕，我都要。」接下來就是一番討價還價。別小看老巴，他付的可是美元。

然後大家又都回到酒桌前，老巴對酒幾乎不看一眼，舉起一杯橙汁一飲而盡，然後說了聲「拜拜」。猛禽們已經裝上了他開來的車，「轟」地一聲開走了。車的轟鳴聲在夜裡顯得格外響。

小光頭不動聲色地把這一切用夾在腋下的皮包中的攝像機拍了下來。他心在痛，為這些即將離開祖國的猛禽，也為他這幾天所經歷的一切。

　　出發前，台裡給他安排好了一切。他的身份是一個城裡無業遊民，或者說是一個待業青年。身份自然是假的，他做記者這一行已經三年了。在這之前還真是一個畢業以後待業在家的青年。他的叔叔是真叔叔，除此以外都是假的。他很深入角色，這和他那段待業史有關，偷拍偷獵者，這也是他自動請纓的。

　　領導讓他把能拍到的儘量拍下來。如今，他感到自己拍攝的這一切將給那些偷獵者重重的一擊，這也是他最渴望的。

速配進行曲

在路上，我們在商量如何偷拍和偷拍中可能出現的問題，「的士」司機聽見我們的談論，很感興趣，表示願意支持我們的工作，在其中扮演一個角色，與我們一道探秘婚介所。

非常男女是很有觀眾緣的一檔節目，其成功的婚介模式帶動了一大批類似節目的興起，也吸引了很多觀眾。近年來，隨著人們擇偶觀念的改變，徵婚已成爲單身男女選擇伴侶的一個重要方式。爲了選擇到合適的伴侶，人們往往借助婚介機構來擴大選擇的範圍。所以人們經常可以在報紙、電視、廣播及雜誌等媒介上看到「鳳求凰」、「凰求鳳」等各式各樣的徵婚廣告。

但這些廣告是否都眞實可靠呢？爲了驗證，我們一名男記者假扮某廣告公司職員的身份，按報紙廣告所登，撥通了一家婚介所的熱線電話。

「我想在你們那找個朋友行嗎？」

「行呀，說說您的情況。」

「我今年27歲，1.85米，大學本科，本市戶口，在廣告公司工作，有兩室一廳的住房。」

「您想要找什麼條件的？」

「22歲至25歲，1.65米以上，本市戶口的，長得漂亮一點。」

男記者的戶口及住房等都是虛構的，在未經任何核實下，男記者的情況就已被記錄在案。

5分鐘後，我以某外企人員的身份再次撥通了這家婚介所的電話，並聲稱外表等其他一切條件優越。沒想到的是在聽完我的介紹後，婚介人員竟馬上把剛打完電話的男記者介紹給了我。

「我們這有位先生挺適合您的，身高1.85米，今年27歲，在一家廣告公司工作，兩室一廳的房子，條件還挺好的。

放下電話後，在現場的記者及攝像人員都笑作了一團，大家都沒想到徵婚中竟會發生這麼可笑的事情。如此「速配」下去，中國恐怕就不會再有「光棍」這個辭彙了。

後來據了解，一些婚介所常用一則搶眼的徵婚啟事來吸引幾十人應徵，從而賺上一大筆會費，而啟事中所登的這些優越的徵婚條件，其真實性卻沒有保證。有的甚至讓應徵者有什麼證件就帶什麼證件來登記。

為了進一步探究婚介所的幕後真相，我們決定以徵婚者的身份親

自「登門造訪」。在這種情況下，如果想拍到真實情況，必須要採用偷拍機。

這次我們帶的偷柏機是鋼筆式的，偷拍機的鏡頭在一支看上去像是鋼筆的「攝像筆」頂部，電池及電線等都藏在背包裡，筆則別在背包外，不知底細的人根本看不出其中的奧秘。

為了不引起懷疑，我們必須分別進去「徵婚」。在路上，我們在商量如何偷拍和偷拍中可能出現的問題，「的士」司機聽見我們的談話，很感興趣，表示願意支持我們的工作，在其中扮演一個角色，與我們一道探秘婚介所。「的士」的歲數在40歲左右，笑起來很和善，讓人比較容易相信。於是在一番商量之後，敲定好了角色。

兵分兩路，男記者自己一路，先帶著偷拍機進去，我則與這位40多歲的「的士」緊隨其後，他扮作我的大哥，我則和他去物色一個「嫂子」。

七扭八拐地找到婚介所本已不易，見到之後更加失望。我們來的這第一家婚介所位於一所破舊的汽車旅館內，外邊擺的小攤吆喝聲不絕於耳，裡面的通道非常昏暗。到了302房間，只見門上用紅顏色寫著「婚介」兩個字。

門是半掩著的。我們進去之後，只見面積不足20平米的小房間內除了兩張辦公桌和一張沙發外，幾乎再沒有其他設施，一張辦公桌旁坐著兩個30歲左右的中年婦女，一個短頭髮，胖胖的，另一個瘦瘦

的，頭髮盤在腦後，衣著都很隨便，給人以家庭婦女的感覺。她們正輪番向我們的男記者介紹著情況。環顧四周，只見牆上掛著工商局發的營業執照，我看了看上面的內容，一時也挑不出什麼毛病來。

見我們進去，那倆人格外熱情，其中一個立即分身出來，招呼我們，並拿出一摞材料給我看。為了能讓男記者拍到這些資料，我必須要配合他，把資料舉高，儘量夠到鏡頭。為了保密起見，我不便說明我所看見的材料的具體內容，但來這登記的人行業範圍還真是很廣，外地來的人也有，如果登記的資料屬實，有些人的條件還真挺吸引人的。

在拍牆上的營業執照時，男記者把裝偷拍機的背包故意抱得很高，以便讓執照能夠進入鏡頭的拍攝範圍之內。還好有我們這一路分散她們的注意力，不然這種古怪的行為肯定要讓人產生懷疑了。

但在偷拍的過程中，卻出現了當初我們沒有想到的情況。兩名工作人員對兩個應徵者似乎興趣不大，倒是對我這個20多歲的「小姑娘」頗感興趣，不斷地問我這情況那情況的，還把一堆男孩的資料拿給我看。但按理說，這些私人資料有些是應該保密的。

在交談中，我們了解到，大多數徵婚者被要求帶的證件一般是身份證和學歷證。但身份證並不能證明徵婚者是單身。無庸置疑的是，只有單身人士才具有徵婚的資格。目前能證明單身的證件是戶口本和所在單位出示的單身證明，而一些婚介所在這方面卻存在很大漏洞。

於是我們對手中的表格提出了疑問：

「爲什麼塡這張表呢？」

「因爲這上面寫著『以上內容均屬實，如不符合，本人願意承擔責任』，得簽字，知道嗎？未婚的，我們一般也就收他們身份證、學歷證。」

「只看身份證能證明是單身嗎？」

「那——爲什麼要簽字讓他們承擔責任呢？是誰的事誰承擔責任。」

「如果學歷證是假的呢？」

「那還是你個人承擔責任。」

這些婚介所都把責任推到了個人身上，如此看來，上當受騙也只好自認倒楣了。

就在我們準備走的時候，其中一名工作人員給了我很多他們婚介所的名片，並歡迎我再帶一些朋友過來，尤其是女孩。

「像你們這種女孩在我們這兒可以免費入會，在我這兒登記的男孩兒挺優秀的，你可以考慮一下。」

看來女孩子在這是受歡迎的，因爲男士入會還得交200元的會費，女孩則免了這筆費用。我們分兩路「撤退」，在距離婚介所門口

較遠的地方才碰面，以防被人識破。

一路上，男士們直發感嘆，這年頭男人真難當，連徵婚都是「女士優先」。而我卻仍是心有餘悸。

在採訪的前期準備中我們還了解到，現在婚介所是不允許進行涉外婚姻介紹的，在記者暗訪的幾家婚介所在營業執照上，記者也看到了不受理涉外婚姻的字樣，為了驗證是否屬實，我們又去了另一家婚介所。

這次他們「推薦」我當主角，我雖滿心不樂意，可是為了能圓滿完成採訪任務，也只好勉為其難了。

為能拍到全過程，這次還是男記者先進入。我和司機師傅身份不變，但由我擔當「主演」。

果然，我還是很受歡迎。這家婚介所倒是比上一家條件好些，有兩間辦公室，但辦公設備還是一樣簡單，辦公人員也是兩個中年婦女，好像這已經是一些婚介所的慣例。

由於我們是在男記者到達之後才進去的，婚介人員為了能多介紹幾對出去，好像有意要把應徵者分開，一定要讓男記者到另一間屋子裡去，說已經給我介紹了別人。這一著可出乎意料，如果按她們說的去做，片子可就沒法拍了。走投無路的情況下，男記者只好使出「無賴」手段了，非要在這間房子裡了解情況，要麼大有「拂袖而去」的

意思。爲了不讓快到手的「入會費」落空，婚介人員只好讓步了，只好一人「負責」一個，介紹情況。

爲達到採訪目的，我仍以外企職員的身份出現，並特意提出要找海外人士做朋友。婚介人員滿口答應下來。

我故意問道：「咱們這還負責找外國人嗎？」

「我們這兒什麼層次的都有，只要是來找朋友的。」這位自稱陳老師的人繼續說道：「只要拿著證件，涉外的也可以找，護照呀什麼檢查一遍就可以聯繫。」

出了婚介所的「姻緣門」，我如釋重負，長出了一口氣。這哪像徵婚，簡直是在「歷險」。

後來，我們扛著大機器又去採訪了一家正規的婚介機構，這裡，現代化的辦公設備一應俱全，100多平米的辦公室裡，建立了分過類的檔案資料庫，哪些能看，哪些不能看，都有規定，與偷拍的婚介所形成了鮮明的對比。

新聞播出後，如一石激起千層浪，立即引起了反響。不少有徵婚經歷的人紛紛打來電話，對一些不規範的婚介所的欺騙行爲表示憤慨，而那些被曝光的婚介所則打來電話爲自己找各種理由辯解。

看來，我們的片子已經達到了目的。

豔遇記錄

「你認識曾在這裡的趙小姐嗎？」，「知道，這裡最漂亮的小姐誰不認識？」，「那她去了哪裡？」，「這裡關了門以後，她就走了。」

俗話說：「要想知道梨子的滋味，你就親自嘗一嘗。」善於反思的魯迅先生則說：「未必，難道要了解妓女的情況，還真得去嫖娼嗎？」魯迅先生的話絕對正確，不過在暗訪中，我們真的把偷拍機帶進了一家按摩院。四川某地，有一家十分紅火的娛樂城，每天顧客盈門，高朋滿座，歡歌勁舞，徹夜喧鬧。一位有心人，一天從這家娛樂城門口走過，隨便數了一下泊在霓虹燈下的小汽車，就多達一百二三十輛，這裡不乏政府官員的臥車雜陳其間。當地人給這裡的老闆送了一個綽號，叫「整黨幹部」。整倒黨員的「整」。

「整黨幹部」，真是鼎鼎有名，以至老闆的真名實姓已無人知曉了。我們社會新聞部除了關注質量報導之外，掃黃打非，也是我們報導的重頭。不過，接到群眾舉報，得知「整黨幹部」的問題後，大家還真有些不知怎麼下手。

社會新聞部的記者，大部分不是二十幾歲的毛頭小夥子，就是剛

剛從大學畢業的黃毛丫頭，對這種「黃」事涉之不深。暗訪的任務，自然就落到我們這些年齡大一些的「老記者」身上了。

為了達到暗訪的目的，首先要給自己的身分定位，是去歌廳放歌一曲的「玩主」？還是老到歌廳泡Bar海聊的閒漢？要不就是準備按摩一番舒舒筋骨的闊佬？再不就是……嫖客？總之，為給自己定位，真是反復研討了許久，還是沒有個頭緒。後來我們乾脆不想這些，就以現在的裝束，闖進歌廳，見機行事。

這天，天氣陰沉沉的，不時還落下幾滴小雨。夜晚來臨，燈火通明，濕漉漉的馬路，泛著兩邊大樓投下的光華。

兩個衣著夾克的人向一處霓虹燈最盛的地方走去。這就是人稱「整黨幹部」開的「大光明娛樂歌舞城」。霓虹燈在黑夜之中像不停眨著眼的眼睛，散發出神秘的誘惑力。我與當地的朋友，雙手深深插在夾克兜時，縮著脖子，心裡不免有些緊張。偷拍機放在哪兒，是我最頭痛的事。因為到了裡面，總不能老是把一個挎包摟得緊緊的吧。

門口有保安，我想像著自己是一名美國西部的偵探，側身擠進喧鬧的地下舞廳。

一進門，幽暗的燈光中，回蕩著一曲輕柔的樂曲，三三兩兩的情侶隱在黑暗包廂之中。

我那位朋友，顯然對這裡並不陌生，不停地向周邊頷首打著招

呼。

　　一位身著旗袍的小姐，把我們領到了離酒吧最遠的一處包廂。我找了包廂一角，坐定後目測了一下偷伯機可以攝入的角度，接過小姐送上的清茶，慢慢品起來。這裡，不像美國槍戰片或偵探片裡的舞廳，這裡的氣氛閒適安逸，要不是有任務在身，倒不失為一種夜晚與朋友休息和消遣的好場所。

　　兩位淡妝的小姐款款向我們走來，我那位朋友小聲說：「這裡的服務是一流的，別說三陪了，這裡小姐是一陪到底，如果你願意，她可以陪你從歌廳直到同你一起回家。」

　　兩位小姐十分年輕，一個年齡稍大點的，向我朋友點了點頭後，就輕輕坐在他身邊了，這時我急忙按下了偷拍機的開關。更年輕的那位小姐，一屁股坐到了我身邊，隨即拉住了我的手臂，整個身體貼到了我身上。我感到一陣心跳加快，像是我幹了什麼壞事。我趕緊又向角落裡移了移，結果她也跟著我移，再次靠到我身上。

　　這姑娘看來見多這個了，只是笑，然後歪著頭，問：「你喜歡我嗎？」

　　我又向角落裡靠了靠（其實已無處可靠了），暗自調整了一下偷拍機，才對她說：「你這麼漂亮，許多男人都會喜歡的。」

　　她又笑了：「那你今天就把我當情人啦！」

我做了個深呼吸，急忙點頭說：「行，行！」

我的朋友也聽見了我們的談話，哈哈笑著說：「來呀，為你們這對情人乾杯！」

話音剛落，四杯紅酒已端到了我們桌前，好高的效率！我趕緊關機，這不是我要偷拍的東西。

「小姐，貴姓？」

「貴什麼姓嘛，我叫趙穎紅。」

「你今年多大啦？」

「你真老套，一看就是新來的，總是開口這麼兩句。」她一邊笑一邊攬住了我的手。我手心裡全是汗。

我的朋友和小姐一齊大笑起來，只剩下我這個紅臉脖子粗的老土坐在一邊尷尬。這姑娘顯然拿定了我這個好好先生，不停地說笑話、開玩笑，直到我那位朋友提出跳舞去。「我不會。」我擺了擺手。

「不會學呀，我教你。」她一把拉起我向舞池走去。我的確不會，但由於在學生時期曾當過體操運動員，還有國家三級體操運動員的證書，因此，還蠻有節奏感的。走進舞池，發現三步、四步舞曲還蠻能對付。舞池裡的人開始時還規規矩矩，男女保持一定的距離，但是跳著跳著就貼著一塊去了。我那位朋友乾脆和那位小姐臉貼臉，身體緊貼得成了一個「雙頭人怪胎」了。

看來偷拍是很困難了，但是我還是想從這裡打開一個缺口，以便進一步了解「整黨幹部」。

　　我隨著節拍，慢慢走步，發現我這位舞伴，忽然變得沉默了。

　　「趙小姐，你在想什麼？」

　　她醒悟過來，微微一笑：「沒想什麼，我又能想什麼？」

　　「你跳舞，好像沒多少熱情嘛。」

　　「誰說的，只是每天如此，習慣了，有點麻木。」

　　「你們老闆叫什麼？」

　　「你不知道？」

　　我搖了搖頭。

　　「這裡人誰不認得他？上至這裡的最高領導，下至平民百姓，都認得他。」

　　「這麼有名？」

　　「你呀，肯定是外地來的，我看你來路不明！」我心裡一驚，難道她發現了什麼？她卻哈哈笑起來：「我早看出來了，你也是個當官的。」

　　「我像嗎？」長這麼大，還頭一次聽人說我是當官的。

「當官的都是這樣，一開始假裝一本正經，然後心裡和一般人想的都一樣！」

「那我想什麼？」

「你呀，你想和我跳舞！」看來她對自己的魅力很有信心，所以才這麼口沒遮攔。

「喂，你講點你們老闆吧！」我把話題拉回來。

「老闆，有什麼說的，等會兒他就會來，你自己去找他吧。」

趙小姐顯然對這個話題沒興趣，把身子貼緊了我——緩緩地緩緩地隨著夢幻般的樂曲，在閃爍的舞池中旋轉。

忽然大廳裡熱鬧起來，只見一個五短身材的中年男子，西裝革履，剪了一個小板寸頭，走了進來，向大家一一問好，很多人從包廂探出身子，與他打招呼。我明顯地感覺到，趙小姐的身軀從柔軟如絲變得僵硬起來，臉上堆起了一種凝固的笑容。她告訴我，這位是大名鼎鼎的「整黨幹部」——王小齊。

我趕忙說，咱們跳了這麼久，回座位休息一下吧。到了包廂放偷拍機的書包前，我故意打開包包看了看又在裡面摸了摸，好像是在找什麼東西，趁機打開了偷拍機的開關，又將鏡頭調整到王小齊活動的區域。

趙小姐走過來問：「你老弄這個包幹嘛？是不是裡面藏著金子？」

我朝她一笑：「這可是我的飯碗。」

趙小姐坐在我身邊，卻擋住了偷拍機的鏡頭。我急得出了一頭汗。突然她對我說：「你真要了解我們老闆，得上樓去。」

「上樓？」

「你真是老土！你是真不懂還是裝傻？樓上是桑拿、按摩的地方。老闆主要是在那地方照顧生意。」

「噢。」我明白了，樓下是公共場所沒有什麼隱私，想了解內幕只有——「深入虎穴」了。

我抹了一把汗，對趙小姐說：「那、那我就去上面！」

趙小姐被我的狼狽樣逗笑了：「對呀，你放心，我會一直陪著你的。」

看來，趙小姐對我這個傻老土感上興趣了，她拉著我的手向樓上走去。正好我的朋友這時也回來了，他顯然玩得很開心：「喂，要不要上樓輕鬆輕鬆？」我連忙點頭，接著把手從趙小姐掌中抽回來，拎起了放偷拍機的包。

二樓濕氣很重，幾乎全是一個個的單間，長長的走廊裡，寂靜無聲，一個人影也不見。我暗暗失望了，這還能拍什麼呀。

趙小姐在前面領路，推開一扇毛玻璃門。真是一個好去處，一張張沙發床，屋頂上吊著三四個大彩電，這裡的人足有十幾個，都有小

姐陪著，有的在抽菸，更多的人是在看電視裡放著的各種ＶＣＤ片。趙小姐對一個正在享受小姐陶耳朵的人指了一下輕聲說：「你看那個人了吧，他每天都來，是我們這裡的常客。」

「常客有什麼稀罕，不過是多幾個臭錢。」我有點憤憤了。

「哼，你可別小看他，他是我們老闆的座上客，稅務局局長大人！」

哇！如雷貫耳！我找的就是他！我下意識地把包向上拎了拎，將鏡頭對準了那位老兄。

趙小姐一把將包拿到手：「你幹嘛老拎著這個包呀，放一邊，先躺下來換衣服，然後，讓我為你服務！」

我心裡暗暗叫著：「姑奶奶你這不是毀了我嗎？我怎麼著也要拍下這寶貴的鏡頭呀。」於是，我又把包拿到手裡，像變魔術一樣飛快地按了下開關。鏡頭開始記錄：一個瘦瘦的、麻桿似的人，穿著一件毛巾浴衣，躺在沙發床上，呲牙咧嘴地享受著掏耳朵的快感。

我那位朋友走過來：「老兄，放下你的包，放心吧，在這裡一分錢都丟不了。先去洗桑拿吧，再按摩一下，保你今天睡個好覺。」

隨著趙小姐，我來到一個單間。這裡有個鐵箱，上面還有鎖，想得真周到。趙小姐要幫我脫衣服，我連忙說：「謝謝，我自己來。」

放好包，鎖上鎖，看來我「劉姥姥今兒個就逛他一回大觀園吧」。不過，桑拿我可不是頭一次洗，這裡和別處也沒多少區別，設備十分簡單。可見來這裡的人醉翁之意不在酒。

從熱氣騰騰的桑拿浴中走回我的單間，趙小姐已在那裡等了，只見她已換成一身運動裝，看上去比剛才豐滿了一些，氣色也好多了。

我用一種不經意的口氣問道：「這些單間裡都是什麼人呀？」

趙小姐神秘地笑笑：「都是和你一路貨色呀！」「一路貨色，我是什麼貨色？」我佯裝有點惱火。

趙小姐立刻換了一副樣子，衝我嫣然一笑：「別生氣呀，我是說這裡來的都是大人物。縣長啦，局長啦，和你差不多都是領導幹部。」

看來她認定我也是個幹部。此時，我終於對「整黨幹部」王小齊有了一些感性認識。

趙小姐似乎對我也很有興趣，她不斷地找出一些話題，繞著彎兒了解我的真實身分——什麼「你多大年紀了」，「你叫什麼」，「你是

幹什麼的」。

「你看呢？」

「我看有30多了。」

「你看走眼了，我50歲啦」

「你騙人，你們當幹部就會騙人。」

「誰說我是幹部啦？」

「我一眼就看出來啦！」

「為什麼？」

「因為，你和常來這裡的當官的差不多，都是開始假裝什麼也不懂，到最後話比誰都多。不過，你和他們還真有點不一樣。」

「怎麼不一樣？」

「手腳還挺老實，不像這裡當官的，進了這裡就和進了他家一樣。」

「他家什麼樣？」

趙小姐一撇嘴，咯咯笑起來。

「喂，你給我介紹一下你們老闆吧。」

「幹嘛？」一提到老闆，她似乎總有點緊張。

「不幹嘛，我想認識認識他。」

「要是我，就不去認識他。」

「爲什麼？」

她想了想又搖了搖頭，問：

「你沒聽人家管他叫『整黨幹部』嗎？」

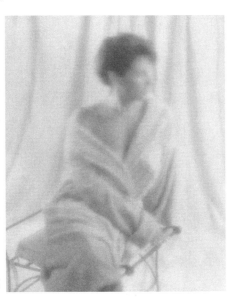

「整黨幹部？」

「對，就是把黨和幹部都給整倒了的『幹部』。」

「這怎麼可能？這些人都是很有原則性的，不敢出圈。」

「哼，在這裡誰也挺不住，有一個算一個。」她露出了十分不屑的神色。

「爲什麼？」

「噯，你老問這些幹什麼？」她警惕起來。

「沒什麼，只是我覺得挺有意思的，我相信我就不會倒在這裡。」

「哎呀，你就別假裝正經了。原先來這裡的什麼官呀、領導呀、

 中國誠信的背後

202

幹部呀也像你似的就是玩一玩，看一看。可是沒過多久，他們就和老闆交上朋友了，以後就成了常客，最後幾乎天天都要來啦。你沒聽人家說嗎？這個縣的領導幹部白天在機關上班，一到晚上就都到這裡來上班了。要是找人，沒別的地方，來這裡准找得到。大光明娛樂城快變成『第二縣委』、『第二縣政府』啦！」她一邊說，一邊撇嘴。看來，這姑娘還真有點想法！

　　她的話使我越來越有興趣，我乾脆站起來：「哎，能不能讓我在這裡見識見識。」

　　趙小姐一聽，臉色都變了：「不，絕對不行。這裡每個單間都是對外保密的，我要是讓你去看，老闆會殺了我。」

　　「看看怕什麼？誰還不知道誰有什麼！」這句俏皮話又把趙小姐逗樂了。

　　「我說，你行行好吧，你要砸了我的飯碗嗎？」

　　「對不起，我想像不出會這麼嚴重，不就是按摩嗎？」

　　「不是的，你剛才進來時不是看見走廊最裡面有兩扇玻璃門嗎？那是這個縣主要當官的去的地方，誰都不准進，還有保安的把著呢。」

　　「按摩室居然也有人把門，而且還是一般人的禁地，這還是頭一次聽說。」

「喂，我說幹部同志，你不是來這裡接受按摩嗎？光東問西問的，打算不給我小費了嗎？」趙小姐回到了她在這裡的位置上。

「你放心，小費我有，而且不會少，你就陪我聊聊天就行了。」

「你這麼好，不是家裡有個惡老婆吧？」

「沒的事，我敢來這裡就說明我……」

「算了吧，我每天接待四五個客人，也想歇歇手呢。」

趙小姐越說越隨便，儼然成了我的老熟人。

我再次問趙小姐：「你真的叫趙穎紅？」她笑了：「真的，我從不叫假名字。」

「你能給我留下個聯繫電話嗎？」

「幹什麼？去你那裡？我今天不舒服。」她又警覺起來。

「不，不，我只是想以後來玩，就找你。」

「我給你寫下來吧。」

她找來一個小紙頭，用我給她的筆，歪歪斜斜的寫下了她的呼機號碼和名字。然後兩人都沒話了，就像相互從不認識似地默默走下二樓。末了，她只說了一句話：「你那位朋友今天不就睡在這裡了？」我點了點頭，不知說什麼好。

她送我到了娛樂城門口，習慣性地向我揮了揮手。我看到她右小

臂上有兩個深深的疤痕，有一個還有一點紅腫。我忍不住問：「你胳膊上的疤是怎麼弄的？」

她沖我淡淡一笑：「沒什麼，是菸頭燙的！」

外面又下雨了，我感到冷從心裡往外冒。

一個月以後，大光明娛樂城因眾所周知的違法活動被取締了。據說那一晚，公安人員在娛樂城裡當場抓住了正在從事「超經營範圍活動」的縣稅務局局長和其他五六個縣裡的頭頭腦腦。這導致了全縣整個領導班子的大調整。

半年之後，我又來到這個縣城，只見大光明娛樂城又改成了「都是客酒樓」。我一進門就認出了原來把門的保安，走上前一通套磁，最後才向他提出了最想知道的問題。

「你認識曾在這裡的趙小姐嗎？」

「知道，這是最漂亮的小姐誰不認識？」

「那她去了哪裡？」

他想了想，又搖了搖頭：「這裡關門以後，她就走了。」

第四章　灰色檔案

我在傳銷組織臥底

在暗訪的幾天裡，我出過好幾次險情，最危險的就是偷拍工具差點被發現。那天，我正在房間裡給偷拍機充電，忽然，那個監視我們的傢伙闖了進來，他看見床底下裝機器的箱子裡有紅色的燈光閃動

那天，我正在機房裡做「活」（電視新聞記者經常把做新聞片子叫「做活」），忽然得知一個消息：國家工商總局接到舉報，在太原有一個叫做「得利」的公司在進行非法傳銷，已有相當數量的人上當受騙，如果再讓它肆無忌憚地發展下去，可能有更多無辜的人上當受騙。

沒過多久，一張十六七歲的小姑娘的照片出現在了我的眼前。純真、善良的臉頰上帶有天真的笑容。

「就是她，恐怕有危險！」舉報人指著照片上的姑娘焦急地衝著我們嚷了起來。聽完這個小姑娘的遭遇，我的心馬上被揪了起來。

這個還是孩子的小姑娘，為了學習所謂的「服裝設計」，跑了八百多里路，從河北到太原。不料，在繳納了近2000元錢後，被傳銷組織騙去的她，失去了自由，吃不上飯，連給父母打電話都要徵得監工

的允許，幾乎沒有自由可言。

我趕到製片人的辦公室，看到他滿臉的嚴肅，坐在椅子上一言不發，掐在手指中的香菸隨著時間一分一秒的流逝而慢慢地變短……

邊上，是他的副手和國家工商總局的有關負責人，兩個人的神情都很憂鬱，顯然對這件事極為擔心。忽然，製片人把菸頭掐滅，抬頭看了我一眼。

沒錯，這次是我「中標」了！這個任務肯定是交給我了！

「去吧！不光是為了救那姑娘，一定要把這個地下組織的黑幕揭開，不讓更多的老百姓受騙！」製片人一聲令下，我像是得到了一把「下斬奸臣，上打昏君」的「尚方寶劍」！

一切手續都辦得很快。臨走時，副製片拿著「臥底報告」給主任畫了個押，這幾乎是偷拍記者受命大活時的「保險程序」。他說，如果出現什麼意外情況，好歹有我們的領導頂著，萬一有個三長兩短的，傷了、殘了，還有個地方找去……

幾天後，我們收到了傳銷者寄來的資料。資料的做工非常精緻，上面印有漂亮的廠房圖片、帶電話的標準公寓和標註的每餐五菜一湯的伙食……

所有的一切，都描繪得那樣完美，這一切跟傳銷人員遊說的花言巧語一樣美麗誘人。難怪有許多人不識真相，看著這些迷人的外表而

陷入其中。

　　與我同行的是一位基層工商幹部小崔。我們與那個姑娘取得了聯繫，並以此爲紐帶，打入該傳銷組織內部，收集傳銷組織的違法證據。

　　電話打到第三次，話筒才交到了那個女孩手中。

　　「你好，我是你哥哥的朋友，聽說你那邊有服裝生意可做，賺錢嗎？」

　　「應該還行吧……」姑娘回答得很遲疑。

　　「那我們用帶多一點的現金過來嗎？」

　　「不、用、吧！」電話那邊忽然變得嘈雜起來，一個男的把電話搶了過去，笑嘻嘻地告訴我們服裝生意很大，賺錢很容易。他狠狠地吹噓了一把，並叮囑我們多帶些現金過去。

　　放下電話，我們不禁爲那個小姑娘擔心起來，善良的她不讓我們帶錢受騙，也許她會因此而受組織內部的處罰，如禁食、挨打

　　上午10點，我們來到了太原的接頭地點。一個不到20歲的女孩上來接頭，審視了我們半天。在離接頭地點20多米處，一個20多歲的男青年在電話亭假裝打電話。看見女孩擺擺手確定沒有危險後，他朝我們走了過來，寒暄了幾句就帶我們前往住處。

　　住處離市區很遠，我們跟著他坐了一個多小時的汽車。一路上他

們始終沉默不語，無論問什麼，他們都不開口，這著實讓我詫異，似乎與傳銷工作時的表現大相徑庭。

印象中傳銷的人們是能言善辯的高手，其演講水準堪與美國總統大選時的演講口才相提並論。有人曾說過，要競選美國總統，首先必須是一個優秀的演講家，幾乎每一個美國總統都是一個出色的演講家。像比爾‧柯林頓，下野後就靠著自己出色的演講才華「混飯吃」，聽說收入不菲。

難怪很多人都說，傳銷組織內部經常拿美國總統大選時的演講材料作為「文化」學習課程，學習他們的演講技巧以提高自己的口才。

這一招還夠絕的！

我們住的屋子是當地村民臨時搭起來的，裡面空蕩蕩的，什麼都沒有，沒有電視，沒有廣播，沒有報紙。兩張用磚頭墊起來的光床板就是他們資料中許諾的所謂電話、衛生間齊備的宿舍。床板很髒，一塊塊的污垢很顯眼，也不知道有幾百個人在那上面睡過，跳蚤和蟲子似乎才是它的主人。這樣的住宿設備，一個月的房租是100元。

面對這種現實，我忍不住懷念住慣了的那個在北京的「狗窩」。

夜裡，與我們接頭並把我們送來的傢伙夾著被子忽然闖了進來，他謊稱自己沒地方睡，所以要和我們擠一擠。

其實我們很明白他的用意：監視我們這兩個陌生人！由於他的突

然到來，我的偷拍設備沒辦法充電了。眼看電池電量不到一半，我焦慮萬分卻一時也想不到什麼辦法把他支開。如果這樣耗下去，我們明天的偷拍計畫全部都要破滅。

正在我犯愁的時候，小崔機靈地眨眼對我說：「我去一趟廁所，你先睡吧！」

於是，那個傢伙也跟著去廁所當監工了。

調虎離山之計！借著這個空兒，我把磁帶裝好，充電器插上，把它安置在房間最隱蔽的地方，我用床板在充電的地方搭個窩，用自己橫臥的身體擋住監工的視線。

上午8點30分，向新成員介紹情況的講座準時開始。爲了節約電池，我準備到現場才開機。

到了入口，我拉開裝攝像機的挎包，取出一把感冒藥，對小崔說：「你怎麼還不吃藥？不吃藥你的感冒怎麼才能好？賺錢也得注意革命的本錢——身體啊！」

這是我們想出來的「苦藥計」，在來之前就已經商量好了。畢竟幹偷拍這一行的記者不能打「無準備之仗」！如果由我吃藥，偷拍工作就難免因爲藥性而打盹。這一「苦藥計」只能落在小崔的身上。

趁這個機會，我打開了包裡的偷拍機，而小崔只有吞下了感冒藥片……在這之後的4天暗訪時間裡，每當我打開偷拍機拍攝時，小崔

都必須吞藥片。為了完成任務，小崔把我們帶來的近80元的感冒藥悉數吞下。4天中，小崔不得不與感冒藥帶來的瞌睡做鬥爭……而我，就在小崔默默無聞的「犧牲」下為記錄那些醜陋的畫面努力。

在一片熱烈的掌聲、歡呼聲中，一個西裝革履、打扮像個經理人士的「講師」走上講台，他30出頭的樣子。

「各位兄弟朋友，帥哥靚妹，大家上午好！歡迎你加入我們這個永不停息的賺錢組織，加入這個組織就是加入了富翁集團……」

「如果你努力，憑藉你出色的口才搭建起來的關係網和吃苦耐勞、永不放棄的精神，你會在一年、兩年內掙到這一輩子幾十年都掙不到的錢、花不完的錢。但你也要有在這一兩年內吃到這一輩子要吃的苦的心理準備！」

極富蠱惑性和煽動性的演講使全場人們近乎瘋狂。身旁的幾個年輕小夥子熱血沸騰，激動不已，為自己即將加入百萬甚至千萬富翁的行列興奮。

接下來的程序超乎了我的意料。

「按照組織的規定，我們新成員都要進行宣誓儀式，請大家全體起立！」

一屋子的人全都站了起來，我也只好隨眾而立。看著黑壓壓的一片，我不禁有點心寒。

「我深信：我會發財！我一定會發財！我是富翁！我一定會成為大名鼎鼎的富翁，我能賺到數不盡、用不完的錢！」

「我對這個信念抱以永恆的信心！我將以我今生所有的熱情和努力對這項工作負責！」

幾百號人的歡呼聲震驚了整個屋子。在這一片快樂的海洋中，我幾乎有點迷失了方向。

不能否認傳銷組織在煽動人心方面的高招，癡迷傳銷的謊話就像是深迷法輪功邪教的花言巧語。法輪功是政治上的反動，那麼傳銷就是經濟上的造反。

一個多小時後，主辦者越來越高的許諾把大家的熱情帶到極致。

趁著群情激昂，「講師」不失時機地拿出了正規市場上一瓶價值20多元的「舒蕾」洗髮水，仔細一看，這是一瓶沒有任何正規商標的洗髮水。但是通過他的嘴巴，已經抬價到了200多元。照這樣計算，如果傳銷者的下線發展到50個人，在傳銷網路中就可以得到3000多元

的收入。

20元的假冒偽劣品能夠賺到3000元，這無疑是一種暴利！無恥地暴斂錢財！這對任何一個夢想發財的人來說，絕對是一種不可抗拒的誘惑！

等他介紹完所謂「保你頭髮柔順、頭屑去無蹤」的偽劣洗髮水，他提出要發財就必須先向公司繳納2000到13000元不等的錢去購買產品，只有這樣才能夠擁有會員資格。

這時，一些人開始警覺了，慢慢地往大門口移動。等走到門口時才發現，「上了賊船，想下去就沒有那麼容易（即便你會游泳）。」

只見大院門口有十幾個人在把門，旁邊還有狂吠不停的狼狗。門外，有人還緊緊扣住了鐵環，有人卯足了勁試了一下，根本無法拉動。

想「臨陣脫逃」，已是不可能的事情了。

在幾天的傳銷生活中，我發現傳銷組織者對新來者大都採取24小時跟進的手段。你到哪裡他也到哪裡，連上廁所都不放過，直到做通工作把你留下來加入他們的組織為止。

過慣了自由自在生活的人們，當生活突然變成只有被遊說的時候，人脆弱的抵抗能力變得很有限，再加上身無分文，能做的就是向他們「投降」。

在暗訪的幾天裡，我出過好幾次的險情，最危險的就是偷拍工具查點被發現。那天，我正在房間裡給偷拍機充電，忽然，那個監視我們的傢伙闖了進來，他看見床底下裝機器的箱子裡有紅色的燈光閃動。

「那是什麼東西？」

「是我的手機在充電！我就靠它跟我的幾個合夥人聯繫，剛說著叫他們帶錢過來，手機就斷電了。」我從容地說。

他滿臉狐疑地走了，而我立刻拿上機器，跑到村口找了個地方，把機器包好，埋了起來。

這一舉措後來證明我逃過了一劫。

待我們上完課回來，我發現那上了兩把大鎖的箱子被劃了個大口子。一眼看去是被利器割破的，箱子裡面被翻得亂七八糟。

看著自己的箱子遭到「非法待遇」，我帶著理直氣壯的口氣向那個監工發難。

「這怎麼回事？」

「小偷幹的！」回答很乾脆。

「小偷幹的？那保安幹什麼了？」我得理不饒人。

「你們人沒有被偷就很不錯了，不就是幾個破箱子嗎？凶什麼

凶！」他丟下這句話就甩門走了。

門窗緊閉著，根本沒有破門、窗而入的痕跡，門鎖也沒有被撬。小偷從何而來？很顯然，是他們內部人幹的。如果當時沒有把機器藏起來，後果不堪設想⋯⋯

他們的這一招「回馬槍」顯然失效了。

「取證」工作已基本完成，接下來就是想法設法逃出這個魔窟。待得越久，行動和身份越發讓人懷疑。如果被發現，所有的一切都完了。

一天清晨，我把自己打扮得像大款，拿上手機向大門外走去，挺威風的。

「去哪？」門衛查得很緊。

「接人。」

「接什麼人？」

「接我的合夥人。已經約好了，他們今天送錢過來。」

「你等一下。」

門衛轉身和他的同伴商量了一下，竊竊私語。

我故意裝作不耐煩，囂張地向他們叫道：「商量好了沒有？你不要擋了我的發財路。要是失約，你們可要負責！」

「你可以走了。」

我大喜過望，剛跨出大門口的第一步，我發現我的身邊多了幾個「保鏢」，負責我的人身安全工作。

享受這種待遇也不容易，挺抬舉我的。

「我們跟你去吧，有什麼事情好歹有個照應嘛！」一身休閒裝的小夥子向我解釋。

「喂，是阿公（工商的「工」！）嗎？我是阿弟（臥底的「底」！）啊，這邊的市場不錯，你把錢送過來吧。要現金，我身邊還有會計（劊子手的「劊」！），他們要當面點清楚。」

另一個魁梧的年輕人把手機拿了過去，先看了看號碼，然後對著電話說了一大通，好像是比劃路線。

接下來的一幕幕顯然出乎這些「保鏢」的意料。等待他們的是一個個穿著制服的工作人員把他們帶上了大車。

一番激烈的圍剿行動是難免的了⋯⋯

法官無法

　　法院宣佈開庭。但令到場記者奇怪的是，當天法庭並沒有按照有關規定要求參加旁聽者出示身份證等有效證件，主審法官也沒有按規定整裝出庭，而穿是比較隨意，沒有一個法官戴著帽子入庭，書記員竟然身著便裝……

　　「即使再過數十年，特權在中國仍然會普遍存在。其存在的關鍵在於，中國普通民眾的思想深處都隱藏著特權的嚮往。」一位知名社會學家如斯斷言。

　　作為一名執法公正的優秀公安幹警，王鵬壓根也沒想到，自己會因為執法而站在被告席上，而不法分子卻坐在聽眾席上露出挑釁的微笑。

　　1994年，22歲的王鵬從河北省某警校正式畢業了。由於表現優秀，5年後王鵬被任命為派出所所長，他的搭檔是比他低一屆的師弟李明。通過細緻縝密的工作，王鵬和李明對轄區內的情況逐漸有了清楚的瞭解。由於地處偏僻，加之當地群眾收入水平有限，假冒偽劣在當地比較猖狂。加之當地農民喜歡豪飲，假冒白酒在當地氾濫成災。

王鵬和李明認為：做為一名人民警察，有責任將一切可能威脅人民群眾生命財產安全的違法犯罪行為消滅在萌芽狀態。因此，所裡所有公安幹警在接到涉及假冒偽劣產品的報警後，必須盡一切可能以最快的速度趕往第一現場。

但是，由於經費原因，全所12名幹警管轄著幾十平方公里、近20000人的大區，卻只有一輛勉強能跑的北京吉普，而且經常因為油料問題不敢放開了跑。

2000年7月19日晚8點，記者一行根據群眾舉報，從河北某地一路跟蹤製售假分子進入王鵬和李明負責的警區。當時，由於天色近晚，記者攜帶的偷拍設備有效視距有限，難以真實記錄下不法分子的交易行為。於是，記者果斷報警，請求當地警方支援。接警的是李明指導員，僅3分鐘就趕到現場，聽完記者的陳述後，二話沒說，抓起對講機簡明扼要地向正在所裡值班的王鵬所長進行了彙報。王所長指示：全力配合記者，務必將正在進行不法交易的不法分子人贓俱獲。李明指導員當機立斷，根據到場4名警員的著裝情況，做出了如下部署：由身著便裝的李明及另一警員陪同兩名記者前往非法交易現場，其餘3名警員保護好隨行的女記者並設法接近不法分子做好抓捕準備。

8點10分，李明指導員帶著記者接近了非法交易市場：「你們直接進去採訪就行了，當地人基本都認識我們，我們一進去就什麼也採訪不著了，採訪完了打我手機我們就直接過去。你們放心，我們在後

面看著的，諒他們也不敢對你們動武。」說著還向記者展示了一下自己在警校練就的肌肉。

記者走進了正在進行交易的小商店的後院，看到3位年輕人正忙著從車上卸貨，一高一矮兩位中年男子則站在一邊抽著菸，嘴裡交談著什麼，看到有生人走過來，兩人停了話：「幹嘛呀？」

根據事先掌握的情況，記者瞭解到瘦高個的中年男子名叫徐金明，長期從事假酒製造和銷售，人稱「金老闆」。

「哈哈哈，金老闆，你喝多了吧，貴人多忘事了吧，咱們上次不是到衡水找過你嗎？今天怎麼來這兒送貨呀，多少錢一件？」記者為爭取主動，先聲奪人。事實上，記者此前從未與此人打這照面。

「啊啊啊，是是是，你怎麼在這兒呀。」「金老闆」一時想不起來在哪兒見過記者，但礙於面子，只好表面應承著，裝出一副特熱情的樣子，「你們晚上住哪兒呀，要不待會一塊喝酒去。」

「誰敢跟你喝，誰不知道金老闆2斤的量，上次就被你給喝倒了」。

趁著「金老闆」愣神的功夫，攝像記者一下了就到了暗處，搶到了最佳拍攝位置。

「這趟拉了多少，都有什麼牌子的呀？」

「這趟拉了200多件，路上都送掉了，你是不是還想要點，這50件

我特地給楊老闆送的，有『五糧液』、『酒鬼』和『小二（小二鍋頭）』，我一個月來一次。」

「我想再進點『小二』，就是貼北京牛欄山標誌的那種，還想再進10件『全興大曲』，幾天能做出來，我過兩天就去取去。」

「那都不用等，都現成的，明天我就給你送去。喲，我忘了，你們在哪兒來著。」

「嘿，你可真夠意思的，上次你在我那兒又吃又喝的，還看上了那丫頭來著，怎麼就都給忘了，就是任丘城東剛開的那家，我們老闆沒來，讓我來找你來著，我剛好在這辦點事，看到你的車來了，過來跟你說說。」記者瞭解到3個月前「金老闆」往河北任丘剛開的一家酒樓一次送去了30多件假酒，而且酒後亂性，對酒樓一名服務員動手動腳。

「金老闆」一聽記者說起這個來，立馬高興得眉飛色舞：「想起來了，想起來了，你們何老闆呢，他怎麼沒來，嘿，那小娘們是不錯。價還是那價，『小二』算你1塊1，『全興』貴點，算你4塊5吧，和楊老闆這兒一個價。」

借著微弱的燈光，記者看到攝像的手勢，全部拍到了，於是拍了拍「金老闆」的肩膊：「那我先走了，我還有朋友等著喝酒呢，我明兒個上午給你電話，行，走了。」

「行，明天上午我等你電話。」「金老闆」高興地握了握記者的手。

記者走到李明指導員等人藏身的地方告訴他們全部採訪完了，李明一聲令下，5名幹警分兩路直接衝進了院內：「不許動！」

「金老闆」仔細一看就傻了眼，怎麼剛才還和他談生意的人一下子就變成了手持中央電視台採訪話筒的記者。可能是覺得自己受到了莫大的愚弄，「金老闆」突然暴跳起來，指著記者罵道：「打死他，把那東西（攝像機）給我砸了。」

3名正在卸貨的工人剛要奔記者過來，一看到後面有員警，開始猶豫起來，稍一愣神後，其中兩人撒腿就跑。

「站住！」說時遲，那時快，兩名幹警衝過去，一下子就將兩名企圖逃跑者按倒在地。

「金老闆」一看這架式，反而有恃無恐似地直接自己撲上來搶奪記者手中的機器。

「你想幹嘛，跟我們走。」李明一個箭步衝上來，右手一把抓住了「金老闆」的手，左手迅速取下別在後腰的手銬，「喀嚓」一聲就把他給銬住了。

當記者隨同民警們將不法分子和現場繳獲的50件假酒押回派出所的時候，王鵬所長已聞訊在門口等候：「記者同志辛苦了，同志們辛

苦了。」

　　新聞播出以後，引起了強烈的社會反響。突然有一天，王鵬和李明直接到單位找到記者，一臉的憔悴，和記者當初看到時指揮若定、威風凜凜的樣子判若兩樣：「我們被人告了！」記者大驚，忙問何故。

　　「就是上次你們去打假那次，被抓那個假酒販子告的，他們家有後台，他叔叔是我們市裡的一個領導，他現在不是告我們抓他製售假酒，而是告我們超時羈押，法院已經給立案了，我們倆都被停職了。」

　　從倆人你一句我一句的話中，記者終於搞清楚了，原來是製售假酒的「金老闆」的叔叔可能通過楊老闆的家屬知道「金老闆」被抓的事兒，直接把電話打到派出所要求放人。

　　「當時他要我接電話，」王鵬喝了口水，「他指名讓負責的所長接電話，我一接過電話他直接就說，『我是市委○○○，金是我親戚，你們先把人放了，有事直接跟我說就行了，不就是罰點錢嗎！？』我當時一聽挺不高興的，所以就嚴肅地跟他說，你是領導，但我們辦案有辦的程序，人現在還不能放，按程序在24小時之內交納保證金以後才能取保候審。沒想到他硬生生地來了一句，『你不就是一所長嗎，你叫什麼名字，把你們局長家的電話告訴我，我直接找他去。』我當時是真來氣了，我說『局長家的電話我不知道，你可以

打辦公室電話找他』。」

「就那一晚上，連續接到好幾個說情的電話，連我老丈人都打電話了，說那是他朋友的一個親威，辦事不要太原則了，先把人放了再說，結果我把老丈人都給得罪了。我們是嚴格按程序，必須先辦理取保候審手續才能放人。當時我們也考慮到羈押不能超過24小時，我們已經將嫌疑人放了，讓他們通過律師或家人前來辦理取保候審手續，他們都已經在院裡自由活動，可以隨便打電話了。但是直到過了30多個小時，他們的家人才來辦理手續，他們吃飯都是跟我們幹警一塊吃的，你們也都看到了，這根本就構不上超時羈押。」李明在旁邊進行了補充。

記者迅速與受理此案的當地中級法院取得了聯繫，剛開始，該法院的有關負責人不願意與記者溝通，經再三陳述當時情形，而且在記者一再表示自己是現場目擊者後，該案有關負責人才開始表態：「其實我們也不願意接這個案子，當初他們通過檢察院提起訴訟時，我們以此案不屬於本院管轄範圍、證據不足等為由連續駁回了好幾次，但○○○直接找到我們院來了，說：『就在你們這兒審，不能到別的地方審，尤其不能放到當地縣法院審。』其實我們很清楚，案件發生地是縣城，當事人也屬於本縣人，按有關規定只能在當地審理，但人家愣壓我們也沒辦法。」

記者向部領導匯報後，再次來到當地進行調查。在知情人士的配

合下，記者發現「金老闆」已經重操舊業，繼續製售假酒，只是生產地點進行了變換，原來的地方已經被有關部門查封了。

在一再保證所拍內容不用於報導後，知情人才同意帶記者（前次沒參加打假行動的一名記者）與「金老闆」正面接觸。

因為知情人是「金老闆」的熟人，所以不費功夫就直接在其「生產車間」裡找到了正忙著指揮生產的「金老闆」，記者攜帶的偷拍機真實地記錄下了如下鏡頭：

車間裡，「金老闆」正用一根粗木棍在一個酒罐裡使勁攪動。

知情人：「你真有辦法，現在沒事了吧。」

「金老闆」：「那算個什麼呀，就派出所那幫人，你等著吧，過不了幾天他們全都得進去，我叔說了，少說也得讓他們員警幹不成，就這地方，誰惹我都沒什麼好果子吃，這不是我吹的，我現在不照樣幹著的嗎？誰管我。」

知情人：「那倒是，破財免災嘛。」

「金老闆」：「呸，真是，那幫人非得抓住我不放，其實當時讓我掏點錢就算了，非搞什麼取保候審，王鵬那小子剛幹幾天所長就以為自己是誰了，我說了，寧願掏點錢讓我叔去送人也比被派出所罰強，送給領導以後還多個朋友幫忙，是不是？」

知情人：「那是，那是。」

「金老闆」：「這是你什麼人？」

知情人：「這是我一侄子，想開一飯館，我介紹他過來找你，以後從你這進酒什麼的你給優惠點就成，這是金老闆。」

「金老闆」拍拍記者的肩膀：「沒問題，以後進酒找我，要什麼牌子都行，我都能做，價錢咱們好商量，都是熟人，沒關係。」

回到縣公安局，局領導聽說我們是專爲王、李二人的事兒來的，特意抽出時間與我們座談。

「我們已經進行了詳細的調查，事實上很清楚，我們的幹警確實是依法按程序辦事，唯一的問題是當時辦理取保候審時沒有發票，只出具了收條，但那是局裡的財務室下班導致的問題，而且他們也及時地報告了局裡，局裡第二天就給補好了。事情到了這個地步，做爲局領導，我們可以表態，不管面臨多大的壓力，我們都會保護我們的幹警，保護幹警的合法權益。」

王、李二人的奇特遭遇在當地引起了強烈反響，也引起了在京中央媒體的廣泛關注，近10家新聞單位決定派記者前往採訪案件審理情況，記者辦公室的電話一度成了諮詢熱線。國家有關部委也開始關注此事，有關負責人致電記者，要求記者能在第一時間將新情況進行通知。

正式開庭審理的前一天，當事人王鵬等人才接到法院通知。等到北京的記者們聞訊趕到當地時，已經是晚上10點了。

第二天上午8點30分，記者們就早早地來到了法院。當然，法院方面從記者一行的行頭就能看出，已經有新聞單位關注此事。離上午9點開庭還有10分鐘左右，一群身著警服的公安幹警列隊來到法院。一打聽才知道，原來是王鵬他們縣公安局正在休假的幹警們自發前來旁聽並表示支持的。

一位年輕幹警這樣告訴記者：「我們就是來看看，看看法院在特權者的壓力下會如何判決。在我們看來，特權者是在阻撓公安機關的正當執法行為，這樣做的目的無非是想轉移我們的注意力，讓不法分子逃脫處罰。我們都是年輕員警，可能這一個案子就會影響我們對這個職業一生的判斷，其實法院並不單純是判案子，而是審判制度本身，表達的是一種價值取向。」

9點整，法院正式宣佈開庭。但令到場記者奇怪的是，當天法庭並沒有按照有關規定要求參加旁聽者出示身份證等有效證件，主審法官也沒有按規定整裝出庭，而穿著比較隨意，沒有一個法官戴著帽子入庭，書記員竟然身著便裝。倒是旁聽的人群有一塊著裝十分規範，那就是為王鵬等人助威的公安幹警隊伍。看到這陣勢，記者一度以為這種法庭可能沒有什麼嚴格要求，於是三三兩兩地進入法庭，完全沒有顧慮地掏出採訪本、答錄機，我們電視記者則開始安裝三角架，準備開拍。

不料，法官在宣佈正式開庭後突然想起來忘了宣佈法庭紀律，於是再次起身宣讀了有關規定，不允許做筆記、錄音和錄相。於是，記

者們公推了一位年長的記者去與法庭交涉。剛開始，法庭以爲記者們只是公安局請來的本地媒體記者，極不情願地表示：可以筆記、錄音和錄影，但希望遵守其他法庭紀律，臨到記者出門時才問了一句：「你們是哪個單位的？」

這位年長記者一看交涉成功，便隨口說道：「有中央電視台的，人民日報的，將近10來家吧，都是北京來的。」

一聽是北京來的記者，這位負責宣傳的負責人臉色陡然一變：「那不行。」

「爲什麼，剛才不是都說好了嗎？」

「剛才不知道你們是北京來的記者，要旁聽可以，但筆記、錄音和錄影都不行。」這位負責人沒有任何解釋就摔門而出。

既然正面採訪不允許，大的攝像機不許拍，但並沒有聲明不許偷拍偷錄吧，記者們一商量，決定採取暗訪的形式。於是，記者包裡的答錄機、偷拍機就全部開機，錄音、錄影。

提起公訴的檢察官是一名面容嚴肅的中年婦女，她聲色俱厲地指責被起訴的王鵬和李明：「你們作爲公安幹警，知不知道不能超期羈押，知道自己穿警服都是幹嘛的嗎？你們公安抓人不就是爲了罰錢嗎？那罰了錢爲什麼不開發票，是不是錢都被你們給分了……」

一頓連珠炮一般的發言，聽得在場者尤其是政法記者面面相覷：「這傢伙好像不僅沒有專業水平，連文化水平和基本道德水不都夠

嗆，這哪是檢察官該說的話，簡直是農村悍婦罵街用的話。」一名政法記者實在聽不下去了，悄悄對記者說，「我聽不下去了，我去外面待一會。」

在這位女檢察官長達20分鐘的「案情陳述和指控」過程中，相繼有5名記者離席，期間其發言還招致旁聽者起哄兩次，雖經法警阻止，但仍止不了此起彼伏的鼻音。

輪到王鵬和李明申辯的時候，還未發言，先引起了王鵬的戰友們的一片掌聲。王鵬的聲音不高，但他平靜的陳述讓人清晰地感覺到事件的真相及表述者純樸的性格：「……我們的工作是有失誤，比如沒有及時開出發票，但我們當時就向局裡彙報了，局裡指示先開收據，發票稍後再補，後來我們確實也補了。但我想陳述的是，我們並沒有對犯罪嫌疑人採取任何非常手段，甚至連吃飯他們也是和我們幹警一起吃的。當然，從犯罪嫌疑人進入派出所到出派出所的時間確實超過了規定的24小時，違反了相關條例，但超時的原因主要是因為為其擔保的人未能及時趕到……」

「那還不是你們非要等錢！不就是等那點罰款嗎？」沒想到，女檢察官竟然當庭打斷他人陳述，當庭法官也未做任何表示。

輪到李明發言時，可能是年輕氣盛等原因，李明警官在陳述完後的結論是：「根本就不存在超時羈押，我們並沒有把他們關起來，事實上也是到了24小時以後他們就可以自由活動了，只是他們自己不走，非得等擔保人來了才走。其實現在大家心裡都很清楚，到底這起官司的意義是什麼，幕後的黑手為什麼不露出來？我想，法律並不是為某些特權人設的，並不是特權者為所欲為的工具。」話音未落，全場爆發出熱烈的掌聲。

「肅靜，這個案件是人大要求進行個案監督的案件，請大家相信法庭的公正性。現在宣佈休庭，擇期宣判。」

記者從全國人大等有關部門瞭解到，地方人大對法庭審理進行個案監督時，需要一定的程序，應該由人大作為一個組織出面協調，而不是一個人大代表所能決定的、執行的。但是此案所謂的人大監督，其實只是當地人大某個常委個人直接通知法院的。而這位人大常委恰巧和製售假酒的犯罪嫌疑人有著千絲萬縷的聯繫。

為了弄清這位要求個案監督的人大代表的身份及其與製售假酒者的關係，記者在當地進行了明查暗訪。

在調查中記者瞭解到，這位要求個案監督的市委領導兼人大代表就是製售假酒的「金老闆」的嫡親叔叔。

在一次非正式採訪中，記者的偷拍機錄下了這樣幾段話：「我們檢察院根本就不想提起公訴，因為我們經過調查後發現，派出所的行為充其量只能算其違紀，根本談不上違法。但是，領導三番五次到我們院裡做工作，而且都是直接找的主管領導。你想，我們領導也抹不開這面子，而且人家的官比你大，能直接管著你，以後還得在這地方工作，在人家手下謀發展，所以大家都得考慮考慮。到了我們下面就更好辦了，領導直接安排誰去負責提起公訴，沒人敢不去，而且必須按照領導吩咐的去辦才行。說實在的，有點專業水平或職業道德水平稍高的人，領導不會讓你去現眼，怕你關鍵時候頂不住，你們也都看到了，那都什麼素質？什麼水平？簡直，嘿，別提了。」

「我們法院也差不多，審這種案子是兩面不討好，因為說實在的，這種案子根本就用不著上法院來，根本就沒法立案。你想，這案子發生地不在這兒，當事人也沒有一個在當地，但領導愣讓我們立案，我們有什麼辦法，真要談崩了，每個案子人家都可以來個案監督，那這工作沒法做了。我跟你們說，這案子都不是等結果了，其實都是他們自己私下協商的事。誰腰桿子硬，誰就能勝。如果王鵬他們

局裡面愣死扛，我想那人也不敢怎麼著，也不能太露骨了吧，他自己也得有個政敵什麼的，我想他也不願意讓別人抓著把柄。說到底，現在雙方是鬥智鬥勇，看誰能挺到最後，我們法院真要判，判決書沒法寫，總不能昧著良心睜眼說瞎話吧，再說了，人家還能上訴、申訴什麼的，當官的關係跟你再鐵，也不會放棄自己的烏紗帽，大家都得琢磨琢磨的。」

有了這些資料以後，記者決定碰一碰事件的核心。

記者費盡周折才找到了這位在當地一手遮天的官員的電話，攝像機真實地記錄下了發生的一切。

「是○○○領導嗎？」

「是，你是哪位？」

「您好，我是中央電視台記者，能耽誤您一點時間嗎？」

對方猶豫了一下：「什麼事，你講吧。」

「那謝謝你了，我想問一下，請問你知道王鵬、李明關於超期羈押的案子嗎？」

對方顯然對這一突如其來的問題準備不足，口氣一凜：「知道，那是我們人大個案監督的案子，法院已經開庭審理了，具體結果得等法庭宣判以後才知道。」

「請問你對案件的前因後果瞭解嗎？」

「我們調過案卷，大致瞭解了一些情況，好像是他們打假酒，但羈押超時了，而且還存在一些罰款方面的問題。我們也是根據群眾反映的情況才做出決定進行個案監督的，我們覺得這個案件有較大意義，能反映我們司法隊伍存在的一些問題。」

「那我冒昧問一下，據我們瞭解，假酒案當事人是你親侄子，這是事實嗎？」

「是我親侄子，但這跟本案沒有關係，這個案件是公安機關超期羈押的問題，和打不打假沒有關係。」對方的語氣越來越冷。

「那你覺得有沒有回避的必要，這次個案監督是公對公的組織行為嗎？」

「我現在沒有時間回答你的問題，但我可以告訴你，這個案件與我和當事人是不是親戚沒有關係。」說完就掛斷了電話。

這一案件一拖再拖，判決結果一直等了3個多月才下來，結果是法院認定王鵬等人並無違法行為，駁回公訴。但是，有關方面仍以王鵬等人違反公安條例為由，要求縣公安局撤銷王鵬所長職務、李明撤銷指導員職務。

被調離原工作崗位的王鵬出差到了北京，特意找到記者表示感謝：「真是謝謝你們，如果不是你們新聞單位的干預，真不知道結果會怎麼樣。嗨，特權太可怕了，但作為公安幹警，我絕不後悔。」

買車有價修無價

　　車開進了一個很不起眼的維修點，說它是維修點，還不如說是一個小攤，一個比修自行車的鋪子大不了多少的地方。只見正在修車的師傅身旁的一張破草席上擺著幾樣工具，四周亂丟著裝飯盒的塑膠盆和一堆堆的垃圾。別看這裡連最基本的維修條件都不具備，可口氣卻大得很。

　　凡是把過方向盤的人，一提到修車，幾乎都會講出不少被「宰」的故事。據統計，目前，全國汽車維修企業已達22萬家，年營業額超過300億元，然而令人憂慮的是，汽車維修行業在迅猛發展的同時，維修質量卻嚴重下降。

　　一輛車，本來好好的，沒什麼毛病，進了修車棚，也許反而修出了毛病，有小毛病的，也許修出了大毛病。據中國質量萬里行投訴辦公室統計，近兩年，有關汽車維修方面的投訴，已經在各類商品和服務質量的投訴排行榜上名列第二位。為了進一步了解汽車維修行業存在的問題，我們將一輛剛剛經過質量檢測部門鑑定為「部件和各項性能均為良好」的汽車，開到北京市郊多如牛毛的汽車維修站點，用帶

著的高性能偷拍機進行了一番暗訪。

五顏六色、五花八門的修車攤點，羅列在馬路兩邊，把本來很不起眼的京郊街道裝扮得煞是熱鬧。

記者們開著這輛經鑑定「各項指標均為良好」的桑塔納車，隨意開進一家維修站。

維修站裡一位老闆模樣的人，走過來，問道：「這車怎麼啦？」

記者：「請您給看看，有什麼毛病沒有。」

這位老闆模樣的人，發動起車，然後打開車蓋，側耳聽了聽，就說：「該換水泵頭了。」

記者：「還有什麼毛病？」

維修站老闆：「化油器也不行了，火花塞也該換了，水泵頭得拆下來……」

記者：「要多少錢呀？」

維修站老闆：「最少也得六、七百元。」

記者：「發票能多開點嗎？」

維修站老闆：「開多少錢的發票都成。」

看來只要在這裡修還會有好多「優惠」，然而記者們的車，從此開始步入「多事之秋」。在一連找了幾家維修站，又相繼給記者們的

維修工：你这个火花塞不太好，化油器不太好。

維修工：开多少钱的发票都成。

維修工：拿弄离合器和正皮带轮。少说也需要三千元。光料也需要一千多元钱。

車診斷出七八種毛病之後，記者們把車開進了一個很不起眼的維修點，說它是維修點，還不如說是一個小攤，一個比修自行車的鋪子大不了多少的地方。只見正在修車的師傅身旁的一張破草席上擺著幾樣工具，四周亂丟著裝飯盒的塑膠盆和一堆堆的垃圾。別看這裡連最基本的維修條件都不具備，可口氣卻大得很。

記者們問：「你這裡什麼車都能修嗎？」

維修工：「對。」

記者們問：「這車什麼地方的毛病？」

維修工：「發電機的毛病。」

其實，發電機是剛剛新換的，可以說最不該有毛病的就是發電機了。然而，這裡的本事卻高出一籌，居然看出了發電機的「毛病」。

記者們問：「收費有標準嗎？」

維修工：「就北京市定的標準，一般人都承受不起。你如果去大廠維修，像《人民日報》社那邊的，怎麼也得要你5000元。」

為了進一步瞭解情況，記者們又問他們：「發電機也能修嗎？」

因為北京市汽車維修條例規定，只有廠級、部級的維修企業，才允許大修汽車，更換總程，站級維修點只允許進行小修和保養，更換和修理汽車的發電機是完全不允許的，可是沒想到，他們連眼都不眨一下就說：「發電機！能修！」

記者們真為這小攤點的「敢幹、敢想、敢說」折服了。當太陽西斜的時候，記者們又來到了一家維修站，老闆讓記者們把車開出去遛一遛，在車上記者們進入了正題。

維修工：「你的車，離合器那有問題，那地方不好鬧，要把前面全拆了。」

記者：「一般需要多少錢？」

維修工：「要鬧離合器和正皮帶輪，少說也需要3000元，光料也需要1000多元。你這車，撐緊輪也得換，最低3000元，可能還得加錢。」

記者：「那我對單位怎麼說？」

維修工：「你就說『離合器打滑、皮帶撐緊輪響』。」

記者：「發票可以多開一點嗎？」

維修工：「可以，也可以提成。」

看來這位修車師傅，不僅熟知回扣、提成的妙處，而且還能教記者們如何應付單位的盤查。

記者們這輛性能完好的車，一路下來，竟被七家維修點診斷出十幾種毛病，修車的費用也一漲再漲，成了一輛毛病百出、急待修理的破車了。設想如果一個身體十分健康的人，為檢查身體，走了幾家醫院，出來就變成了一個病入膏肓、百病纏身的人，他的心情會是怎麼樣？

幾家維修站走下來，就連記者們自己也對這輛經鑑定性能良好的車產生了疑問，於是記者們又來到一家維修管理部門指定的修理廠，再次對這輛車進行檢測。

技術人員為記者們的車作了全面的檢查，最後說：「這輛車基本上沒有什麼毛病，各項指標均為良好。」

在這家修理廠，記者們看到一張維修價格表，於是記者作了一個對照：

項目	價目表價格	此次採訪的幾家維修站索要價格
水泵頭	210元	500元
皮帶	60元	300元
撐緊輪	130元	1000元
清洗化油器	80元	260元

看來，這些專案的實際價格比記者們走過的那幾家維修站都便宜幾倍，有的便宜近十倍。

其實，這種獅子大開口式的修車要價，如果比起記者們又一次對汽車美容行業的暗訪，就可謂小巫見大巫了。

幾天以後，記者們又開車到幾處汽車美容點。這次開的車後門邊有一條半尺長的不明顯的劃痕，文章就從這裡作起。

近兩年，汽車美容業的悄然興起給日益興旺的汽車行業又注入了新的活力。俗話說：愛美之心人皆有之。開車人都希望把自己的車打扮得漂漂亮亮。但其中種種不規範的行為同樣嚴重侵蝕著汽車美容業。偷工減料、漫天要價使那些想給汽車美容的客戶望而卻步。記者們的遭遇就十分說明問題。在一家頗具規模的汽車美容點，當記者們把車上那條不起眼的劃痕指給美容師傅看時，他的表情是十分認真的，他看了又看，最後說：「去掉這條劃痕需七八百塊錢。」記者們真有點不敢相信自己的耳朵了，又問了一遍多少錢，他的回答依舊是七八百元。

記者們懷著一種被人欺騙了的心情，又來到另一家美容點。這家店的汽車美容師傅對記者們的汽車看得更加仔細。

「您看收多少錢吧？」

「全給弄完了，需1000塊錢。」

　　另一家店的汽車美容師傅對記者們的汽車看得比前一家更加仔細。

　　「不是就補這一點，補這一大片，不是光這一點，還算您這。打去一遍，抹上一遍膩子，這一點玩意，需四遍膩子，你就給1500塊錢吧。」

　　儘管記者們有心理準備，還是為他的要價吃了一驚。

　　當記者們問為什麼需要這麼多錢時，他向記者們解釋道：「你要上烤漆房就貴了。為什麼呢？你想想電機一開，那點錢，還不夠電錢了。還要電腦配漆，這點錢是便宜的。」

　　果真如此嗎？當記者們又來到一家經熟人介紹的正規的汽車美容店。這裡的師傅只簡單地看了看記者們車上的劃痕，用手摸了一把，說：「像這樣的劃痕一般只需要打磨一下，再用漆筆著色就行了。」

　　記者們趕緊問需要多少錢，他伸出兩個指頭，記者們的心為之一揪，只聽他說：「兩塊錢吧。」

　　據了解，去年北京因汽車制動問題造成的交通事故多達200多起，人們可曾想到：制動不靈也許是因為使用了偽劣的剎車片。除此之外，還有更多的交通事故也許是因為汽車配件質量問題造成的。

　　有人說，目前我國的汽車使用者，正處在被混亂的維修行業、配件行業瘋狂掠奪的階段。話說得有點邪乎，但是事實的確不容樂觀。

通過記者們對汽車配件市場進行的調查採訪表明：直接威脅駕駛員和乘客生命財產安全的假冒偽劣汽車配件竟然在首都的大型專業市場上公開銷售。

在赫赫有名的西郊汽車配件城，幾百個攤位的數千種商品讓人目不暇接。記者以購買汽車剎車片爲由，走訪了十幾個攤位，所有的攤主都毫不掩飾地詢問記者們要買真的還是要買假的。「假的售價110元，真的賣180元。」

店主一邊說一邊給記者們演示：「你看，一摸都是黑的，太軟了，這種，明白吧，擱上以後，剎車多大勁啊，一下半截下來了，使不了幾個月就完了。」他還告訴記者們，「修理廠一般都用假的，錢掙得多。比如說你去修車，你一看是AFE的好牌子，進口的，裝上了三個月就壞了，就會再拿來修。修一次要你一次手工錢。」

記者們又問：「假的賣給誰用？」

店主：「像倒車的他們喜歡要假的。因爲他們裝上車，車就要賣了。」

據了解，假冒偽劣汽車配件大部分來自河北省的地下加工廠，每天都有數千噸劣質汽車配件運往全國各地。北京市的幾處汽配城、汽配街是這些劣質產品的重要銷售點。假冒偽劣汽車配件從這些所謂的專業市場源源不斷地流向各類汽車修理廠和用戶。據專家介紹，優質半金屬剎車片，能保證新車行使八萬公里，而用假冒偽劣剎車片的汽

車，輕者會跑偏、制動不靈，嚴重的會因刹車片脫落、開焊、斷裂造成車毀人亡的慘劇。也就是說，劣質汽車配件正在成爲城市交通事故的重要元兇。

當記者們的上述採訪調查在「晚間新聞」欄目連續播出後，立即在社會上引起了很大反響。有關主管部門表示將採取有利措施儘快扭轉這一局面。更多的還是那些汽車消費者，他們紛紛來電、來信講述他們碰到的類似問題，並問記者：汽修質量問題應該上哪去投訴呢？

角落裡的「皮膚癬」

沒事兒，一般在人稍微多一點兒的地方，旁邊會有人幫著放哨，逮不著的。就算萬一被逮著了，那就趕緊再掏出一張尋人啓事什麼的，說是自個兒家的親人走失了……

「祖傳秘方，華佗再現，專治牛皮癬、淋病、婚後不孕等疑難雜症，藥到病除，永久不復發……」類似於這樣的小廣告，如今在全國大大小小的城市隨處可見，電線桿上，看板上，公共汽車月台上，公共設施的牆壁上。它們就像是一個城市的皮膚癬，不僅嚴重地影響市容市貌，而且它的頑固程度亦讓人感到頭皮發麻而又束手無策。

爲個麼這些小廣告可以堂而皇之地遍佈整個城市呢？難道眞的沒有辦法可以根除它嗎？經過一番周密詳細的計畫之後，記者決定對北京的小廣告進行一次「明槍暗箭」的偷拍暗訪。

這次偷拍暗訪，記者選擇的突破口是先調查清楚那些具體去張貼廣告的到底是什麼人？他們爲什麼在四處張貼這些違規的小廣告呢？記者裝扮成行人、路人，守株待兔地進行觀察，結果發現，這些人大多數是外地來京的打工者，年齡大約在20至40歲不等。

當夜幕降臨的時候，他們就出現在城市的各個角落裡：地鐵旁，電線桿附近，火車站周圍……只要是人員流動密集的地方，就會有他的身影。

他們的懷裡一般都揣著成百上千的小廣告貼條，手裡則是提著一個手提式的汽油桶，裡面裝滿了高黏度的化學漿糊。他們有的裝扮成騎自行車的行人，有的裝扮成帶著嬰兒或兩三歲幼童的中年婦女，有的裝扮成普通打工者，有的甚至乾脆裝扮成乞丐。每次在張貼小廣告之前，他們一般都會先環顧四周，如果當時周圍的人太多或是不方便張貼的話，他們就會假裝在一旁休息，等著見縫插針的時機出現；如果周圍的人不多或是自己不是那麼引人注意的話，他們就會以迅雷不及掩耳的速度從懷中掏出一張廣告、刷上漿糊，「啪」的一下拍在牆上或柱子上，然後就若無其事地「溜之大吉」，接著再趕往下一個目標繼續「工作」。

幾天以後，記者也佯裝成外地進京的打工仔，操著濃濃的外地口音，和他們套起近乎來了。同是天涯淪落人，「一個人要想在北京闖蕩實在是太辛苦了！」其貌不揚的記者對他講述了自己的京打工的辛酸遭遇，沒想到很快就贏得了這些人的一致同情，他們的話也立刻多了起來，之前對記者的小心翼翼在轉眼間亦是蕩然無存了，哥們長，兄弟短的，話匣子打開了，對記者的任何問題也就「知無不言，言無不盡」。

「你們這麼累死累活的，一天能掙多少錢呀？」

「咳，掙不了幾個錢，說是貼100張給10塊錢，可是實際上給不了那麼多，不管怎麼著，他們都會找碴扣下點兒。」

「你們還真的把手裡的條兒一張一張地貼出去啊？我覺得其實真的貼了沒有，貼了多少張，誰能知道啊？」

「可不是兄弟你想的這麼便當，其實，在我們貼條兒的時候，說不定旁邊就有人在監督抽查呢。」

「那你們白天貼不貼啊？」

「白天，誰幹這個啊，有警察什麼的，逮著了就麻煩了。白天俺們幹其他的活，擦車或是到工地上找點事做，等天一黑，才可以開始幹這個。」

「可是晚上貼條，周圍有時候還是有不少人啊，難道你們就不怕被逮著了？還是小心點兒的好！」記者裝出一副很是關心的樣子。

「沒事兒，一般在人稍微多一點兒的地方，旁邊會有人幫著放哨，逮不著的。就算萬一被著了，那就趕緊再掏出一張尋人啓事什麼的，說是自個兒家的親人走失了，現在正貼條兒找他呢，員警逮著了，也不會太爲難我們的，所以也就能蒙混過去了。」

「那你們平時都住哪兒啊？」

「住？咳，我們啊，從來就沒有一個固定的地兒，成天就和城市

游擊隊員似的，每天走到哪兒就住哪兒，火車站啊，天橋底下啊，街頭巷尾啊，我們都住過了。對了，兄弟你都住哪啊？」

「我剛到北京沒幾天，一時半會兒也不知道上哪兒找住的地方，所以就暫時先住在幾個老鄉那兒了。您看，我這兒都來了好些日子了，可怎麼也找不到活幹，心裡犯急啊。哎，大哥，你們貼這廣告條還缺人不？要不然，您幫幫忙給我介紹介紹，讓我和你們一起貼，行不？」

「呃，這個啊……」，貼條的人猶豫了一下，重新上下仔細地打量了記者一番，「好吧，回頭，我給你先問問我們老大吧。」

第二天，經過他的引見，記者終於見到「老大」了。一個中等個的中年男人，從穿著、口音看過去，就知道他也是個外地人。按照見工的慣例，首先是一輪「面試」：

「你也想掙這個錢？」

「是啊。」

「從哪來的？」

「安徽。」

「幹我們這行的，有我們這行的規矩。凡是新來的人，都要先經過一個考察試用期，考察合格了才能開始算工錢給你。」工頭傲慢地斜視記者，懶懶地說著。

「行，沒問題。」記者爽快地答應了，雖然心裡暗自覺得他說的話又好笑又好氣，這種工作居然也要裝模做樣地經歷什麼考察、試用期？

其實所謂的「考察、試用期」，說白了吧，就是先給他們白幹幾次活。

為了贏得工頭的信賴，在考察期，記者幹得異常賣力，很快就順利通過了考核，開始「掙錢了」。記者一邊賣力地幹活，一邊努力地接近工頭。結果讓記者感到驚訝萬分的是，工頭雖然是個外地人，但是他對北京的熟悉程度遠遠超過了許多老北京！

幹了幾天活以後，記者開始不「安分」了，向工頭提出要見廣告條上的「名醫」的要求：「您帶我見見這個老中醫吧，我認識不少這樣的病人，可以給他多拉點活呢。」

一聽這話，工頭動心了，加上記者幾天來幹活的出色表現，工頭想了想居然同意了。

在一個不用幹活的白天，工頭領著記者去拜見這位元「久仰大名」的老中醫。

幾經倒車，記者在工頭的帶領下來到北京城郊的一個村莊。一進村，眼前的一切讓記者驚呆了，這裡根本就是另一個國度：這裡的一切實在很難讓人把它和「北京」這兩個字聯繫起來：所用的交通工具只是人力三輪車和自行車，所有人的著裝都顯得那麼邋遢，面容發

黃。所有的房屋建築則是破爛不堪，就好像是一個臨近拆遷的地方，垃圾污水隨處可見⋯⋯老實說，在北京生活了這麼長時間，記者實在不曾想到在這個國際大都市裡會有這樣一個「世外桃源」。

在一間光線陰暗的小平房裡，記者終於見到了老中醫：一個大約60歲左右，留有鬍鬚的老頭，個頭不高，穿著隨意但是看上去倒也乾淨。他看人的眼神陰陰的，冷冷的，讓人不禁想起中國古代的巫師。環顧整間屋子，四處凌亂地堆放著雜物，當然有不少是這位老中醫的「名貴藥材」，一些簡陋的醫療用具隨意地擱置在一張舊桌子上，牆角的垃圾不時散發出刺鼻的氣味。看著眼前的一切，記者實在無法相信在這樣一個地方可以救死扶傷。

記者見到老中醫的時候，他正在給幾個病人治療。來看病的人多為皮膚病患者或性病患者。記者看到，老中醫給病人所用的針劑是一些看上去很渾濁的藥液。

工頭見當時屋裡病人很多，便示意記者稍等一會兒。在這段時間裡，記者悄悄地、仔細地查看了屋裡的一些藥品，發現所謂的「靈丹妙藥」只是一些青黴素之類的抗生素藥劑和自製的針劑，而他所使用的針管等醫療用具則是一些被醫院淘汰的醫療垃圾。

好一會兒，老中醫算是忙裡偷閒，騰出會兒空來，這時工頭立刻把記者帶到他跟前，介紹說：「這小子從安徽來的，說是認識不少病人，能給咱們拉活兒。」老中醫一邊聽著，一邊半瞇著眼上下打量著記者，接著問了一些裡長外短的問題。其實這一切都在記者的預想之

中，他們做的所有事情只是爲了從病人身上賺錢，在他們的眼裡，病人就是錢！抓住了他們的這個心理特點，記者的回答當然順利通過了他們的盤問，最終贏得了他們的信任。同時，通過迂回地交談，記者得知：老中醫通過那一張張小小的廣告竟然建立了一個不小的「地下網路」！有的人像工頭一樣給他拉活兒，有的人專門提供給他一些醫院報廢的藥品和用具，有的人專門給他提供一些原材料，有的人專門給他從農村找一些女孩來幹活⋯⋯人數之多，關係之廣，網路之大，超出了記者的預計範圍。

就在我們的偷拍暗訪進行得非常順利和關鍵的時候，一個在老中醫那兒幹活的女孩向我們求救，爲了她，我們不得不中斷了此次偷拍暗訪。

這個女孩是從甘肅省的一個農村來的，當初有個親戚去她家，說是要帶她到北京一個有名的老中醫那兒去學醫術，結果沒想到，竟是到了這樣的一個地方。每天早上天不亮就要開始幹活兒，打掃衛生、作飯等等全是一些和醫療無關的粗活，然後還要被老中醫支使做很多打雜的事兒，每天從早忙到晚，沒有一刻清閒。來自農村的她，實在是不堪重負，無法忍受了。她觀察了很久，感覺記者和他們可能不是一夥的人，就決定冒險向記者求救。沒想到，她的冒險成功了！爲了救她，記者不得不亮出了自己的身份，在老中醫他們還沒有緩過來神來的時候，把她救走了。但也就是因爲救這個女孩，我們的偷拍也就被迫中斷了。

包你抹完後變張臉

我心雖「咯噔」了一下，正尋思如何對答，令人更為恐怖的事發生了。忽然有人拍我的肩，我一扭頭，原來是送我們來天津的司機，他說了一句：「我可找著你了……」

隆冬時節，剛於唐山打完假，又轉戰天津。暗夜裡，汽車賓士在高速公路上，然而剛剛打完一役的輕鬆卻絲毫不見蹤影，明天在塘沽的洋貨市場將首次獨立完成偷拍任務，對於即將到來的新的嘗試，自己心裡有一種既新奇又緊張的惴惴不安。

明天偷拍的目標是洋貨市場裡的「高檔」水貨化妝品。「洋貨市場」是這個小商品批發市場的原用名，現在名為「新洋市場」。在天津，這個市場赫赫有名，因仗著天津是港口城市的優勢，這個市場裡的東西據傳許多都是舶來品，又稱「水貨」。

然而，洋貨市場裡銷售的化妝品果真都是所謂價廉物美的「水貨」嗎？即使是「水貨」，質量又都一定有保證嗎？為了驗證這一疑問，我們決定帶著偷拍機暗訪天津洋貨市場。

第二天一早，幾乎是沒用吹灰之力我們就問到了洋貨市場的位

置。走在去洋貨市場的街上，遠遠地就望見了修得很有氣勢的「新洋市場」的牌坊，走進洋貨市場裡面，則看見手錶、皮具、服裝、日用品等商品十分繁多，儘管寒冬的風凜冽刺骨，篷式的洋貨市場裡仍顧客不減。

在熙熙攘攘的人流中穿梭了半天，我們終於發現了散佈在市場各處的化妝品櫃台。粗略地看了看，主要以外國名牌化妝品為主，各種色彩繽紛或晶瑩剔透的香水、彩妝或護膚品系列陳列在櫃台裡令人有一種眼花繚亂之感，僅從外包裝上看，還真看不出與大商場裡銷售的同品牌化妝品有何區別。

要開始偷拍了，一種從未有過的緊張瞬間攝住了我的心。

由於中途不能換電池，整個偷拍過程要一氣呵成，因此在找好了偷拍物件後，我們又退回到洋貨市場外面，找了一個較為僻靜的角落，在檢查完之後打開了偷拍機。

「要快」，我心裡忽然就只剩下了這一個聲音。然而在長期習慣了慢節奏的採訪後，要如此快速並且一氣呵成地完成採訪又談何容易，腦袋裡原本想得清清楚楚的提問，一到現場就有點亂套了。情況與自己設想的並不完全一致，櫃台後的老闆們比我們想像的要警覺得多。

剛剛踱到一個化妝品櫃台前，這個櫃台的女老闆便殷勤地走上前來問我們要買些什麼，我隨便指了一種護膚品，並問了一句「這是真的嗎？」女老闆的眼神就有點異樣，當我再問「您這是從哪兒進的貨」

時，女老闆剛才還滿是笑容的臉瞬間就冷若冰霜，並十分不滿地說：「你願意買就買，不買拉倒，問那麼多幹什麼？」說罷，她從我們手中奪回了我們正在看的護膚品。

出師就不利，心中頗有點不甘，然而由於時間有限，我們不敢戀戰，只有敗下陣來另闢蹊徑。又開始在人群裡穿梭，心裡卻總擔心畫面錄不錄得上，第一次做這種節目，心裡實在沒譜。

過了一會兒，終於在市場的一個角落裡又找到了一個比較理想的採訪物件，這個櫃台裡，日本「資生堂」的護膚品和CD彩妝系列比較齊全，其他一些牌子的化妝品種類也比較多。可能是由於今天生意十分紅火，老闆也笑得十分舒心，一高興也就放鬆了警惕，因此當我們裝作顧客隨便和她聊天時，她回答得竟十分爽快。

「這種資生堂的面膜多少錢一支？」我問。

「150元。」老闆答。

「這麼貴？能不能便宜點？」

「這還貴呀，大商場裡這得賣300多元呢！我這兒比商場裡便宜一半多，你在別地兒哪兒去啊？這麼吧，我再便宜點，每支120元。」老闆一副很吃虧的樣子。

「那您這個能保證是真的嗎？」我也裝出一副很怕上當受騙的樣子。

「絕對是真的，我的貨走得快得很，你看這個洗面乳，昨天一個女孩子一下就買走了5個，你說真不真？絕對沒問題，包你抹完後變個人！」

能讓人抹完後就變個人的化妝品是什麼樣的化妝品？我怎麼從來沒聽說過？面對老闆信口開河的包票，我差點忍不住笑出聲來。

拿起一個資生堂的面膜，上下看了一遍，既沒有國家規定的進口產品應有的中文標識，也沒有「CCIB」的商檢標誌，為了把這一特徵錄清楚，我故意把面膜拿高，往鏡頭面前湊了湊。

「您這個產品怎麼會比商場裡的價格低那麼多啊？」我又忍不住問了一句。

「我們這個貨是經銷商直接提供給我們的，減少了很多中間環節，不像大商場就櫃台費就高許多。另外我們做小本生意的，能賺一兩塊錢就行了，哪能要太高的價？你放心，很多美容院都在我這兒買產品的，絕對出不了問題！」

面對老闆再一次信誓旦旦的包票，我們感

254

到已問不出更多的東西，正準備撤，老闆見我們只問不買，忽然警覺起來，滿臉狐疑地說：「你們可別是記者吧？上個月才有個記者來過，也是問這問那的，後來寫了篇文章給我們惹來了不少麻煩。」

我心裡「咯噔」一下，正尋思如何對答，令人更為恐怖的事發生了。匆然有人拍我的肩，我一扭頭，原來是送我們來天津的司機，他說了一句：「我可找著你們了。」3盤電視台的專用磁帶便惡夢般地被送到了我的眼前。原來我把磁帶忘在車上了！怎麼辦？遮掩已經來不及了，磁帶就在我與老闆之間，我不知道她有沒有反應過來。為了避免遭致不可想像的麻煩，我只有顧不上和司機答話，抱著3盤專用磁帶便落荒而逃，一直跑出了市場大門。

當我終於再次站定，才發現事情並不像想像的那麼糟，老闆並沒有跟出來！我這才鬆了一口氣，然而瞬間這種輕鬆又被自己狼狽的悲哀給淹沒了：原來自己並不像自己所想像的那麼從容和無畏！

當我們又回到市場偷拍了幾個櫃台後，遠遠地我又瞥見了剛才的那個櫃台，只見那個老板正縮著脖子瑟瑟發抖地站在刺骨的寒風中。忽然，一種負疚又揪住了我的心：其實這些老闆做點小生意也挺不容易的，雖然是老闆，屬於他們的不過是一平米見方的狹小空間，每天還要忍受這麼冷的風的吹凍，我們曝這些人的光，是不是有點太不人道了？

回去的路上，我心裡一直糾纏著這個問題。

然而當我回到北京繼續採訪時，一連串令人震驚的事實又迅速使我的這些想法得以改變。

　　河北廊坊剛查出了一批假冒資生堂、CD等牌子的僞劣化妝品，據有關執法人員介紹，一瓶售價200多無的僞劣產品其成本才不過2元。

　　北京市同仁醫院皮膚科專家告訴我們，許多來路不明的「水貨」化妝品，由於沒有經過國家的衛生檢查，化學成分不明，因此很容易導致各種程度不同的皮膚病，近年來該院醫治的這類皮膚病人已爲數不少，這些僞劣化妝品給患者帶來的痛苦與煩惱是不可想像的。

　　皮膚科專家的話使我想起了1998年在新疆採訪時，一位新疆婦女的投訴。原來十分俏麗的她，因使用了在美容院買的僞劣化妝品，結果被燒得滿臉是水泡，醫治了一年多也無法好轉，在她來投訴時，她的臉上還流著黃色的膿水，現在她只有終日以淚洗面，不敢輕易出門見人。

　　儘管那次採訪已過去一年多，但那位婦女淒慘的哭聲仍清晰在耳，而生活中關於僞劣化妝品傷人的投訴也比比皆是，面對觸目驚心的事實，我驀地感到，小商品販子生存不易固然令人同情，但生活再艱難也不能賺昧心錢。這是作爲一個商人的第一原則，否則再有多少客觀的理由，也不足以令人同情和原諒了。

第五章 狼狽的正義

差一點被「催情劑」擊倒

「你要是喜歡哪個女人,給她杯子裡放上這麼一點點,那個女人包准跟你上床。」他聽得瞪大了眼睛。他想,這位老獸醫一定讓什麼女人試過這種藥!於是「○○醇」他牢牢地記住了。

「曝光止步於訴訟」,這是近幾年來的新鮮事,也是對新聞媒體批評報導的一種反動,更形象一點說:就是用法律的「左手」打擊新聞的「右手」。

這幾年新聞媒體被送上法庭成了常事。而媒體對假冒偽劣的曝光居然也被曝光者告上法庭,還是少見的。

開春的某天,記者正準備去幼稚園接孩子,忽然收到法院的一張傳票,要他在某月某日去法院。

法院對他來說一點也不陌生,他參加過很多有關審判的報導,但是他成了被告去法庭,卻是第一次。

原來他對一家假冒偽劣「保健品」的小作坊進行了曝光,結果想不到這家保健品作坊的經理反而以損害名譽權的理由將他告上了法

院。

訴狀上是這樣講的：「我神力丸製藥有限公司是一家集體企業，最近正準備中外合資時，某電視台記者沒經本企業的同意，採用偷拍的方式對我企業進行了大肆污辱性的歪曲報導。他說我們是個體，又對本企業經理、醫學博士進行惡毒的攻擊，說他是農民。本企業經理劉麻士，曾獲得美國布德斯克大學教授、新加坡醫學保健大師的稱號。如今被記者別有用心地給予攻擊，已構成企業和經理個人經濟和名譽損害。我要求對方在電視臺公開道歉，公開平反，並要李德亮（化名）賠償給企業造成的損失150萬元。」

簡直是「小兒科」！記者接到訴狀很不以爲然。他當時的偷拍講得十分清楚，所謂的「神力丸」就是一種性藥，其成分大部分是一種樹皮和一種「○○醇」之類的混合劑。

說起「○○醇」，他在30年前下鄉插隊就很瞭解，那是一種牲畜配種時用的催情劑。當時一位老獸醫對他說：「你要是喜歡哪個女人，給她杯子裡放上這麼一點點，那個女人包准跟你上床，你不要都不行了。」他聽得瞪大了眼睛。他想，這位老獸醫一定讓什麼女人試過這種藥！於是「○○醇」他牢牢地記住了。

在暗訪時他偷偷拿了一瓶「神力丸」原劑，經化驗有「○○醇」的成分！這種藥對人來說是極其有害的，有明文規定禁止人使用這種藥。

當時他用偷拍機把製藥的過程都仔細記錄下來了。在播出時引起了極大反響，當地政府和有關部門都說要嚴辦。本來這件事就算過去了，可是時隔一年，怎麼那個神力丸不但沒有被查封，反而上法院告了他。

　　幾天後法院開庭進行法庭調查，雙方都去了不少人，電視臺記者更是人多勢眾，因為記者當被告上法院在電視台還是少見的。

　　開庭調查幾乎出現一邊倒的現象。因為，當庭記者請律師放了一段當時偷拍的錄相。

　　錄相裡，不僅有製售神力丸種種不合標準的骯髒的生產過程，而經理劉麻士的表現更是令人捧腹。鏡頭裡，劉麻士向記者大吹特吹他的藥神力無邊。

　　記者問：「這藥可以治痔瘡嗎？」

　　「能呀，不光是小小的痔瘡，肛漏都可以治，包治百病。這是一種能夠功能扶正的藥，是從人的365條經絡中給予補充，見病打病，無病加功。尤其是現在的男人，十男九不行，吃了這種藥，三瓶下去，換一個人一樣。」

　　「您老也吃這種藥嗎？」

　　「我……當然，你看我60多歲了，卻有人家三四十歲的精力。我一天睡3個小時覺，精力好得很。」

「您老用這個藥以後有過什麼體驗嗎？」

「我……我用這個藥，你別老問我啊，你倒是買不買？」

「買，買，一瓶多少錢？」

「吃一瓶不中，要一連吃八瓶，算是一個療程。一瓶180元，我優惠給你。」

「吃八瓶才行呀，要1400多元。」

「你這人，我告訴你，吃一瓶就有明顯效果，不信你先買上3瓶，吃了以後，你老婆包准說你變了一個人。哈哈！」

「李德亮」當時一邊偷拍一邊暗自想：吃這東西我插隊時就見過，不要說給馬、驢吃了，給騾子吃了都會發情。這可不是鬧著玩的。

在法庭上一放錄相，下面聽審的人笑成了一片，這已經說明瞭問題。

當庭的一位書記員悄悄和同事說：這個劉麻士和「胡大仙」差不多（「胡大仙」是已被判刑的江湖騙子）。

法庭調查結束了，記者感到自己勝訴是必然的。

又隔了差不多6個月，「李德亮」幾乎把這件事忘了。忽然有一天，法院又來了通知，要他和他的領導去一下。

看來是要判了。他找到相關領導，一起去了法院。

也許是受過去衙門「明鏡高懸」的影響，這家法院裡的鏡子也特別的多，到處是兩人高的大鏡子，把本來就十分空曠的法院搞得空間又仿佛大了許多。在一面大鏡子的邊上，就是這次主審法官的辦公室。

記者和領導進了屋。法官正在打電話，見有人進來，揮了揮手，表示「看見了」，又去打他的電話。

「喂，我的球拍子要是名牌的，我是橫握球拍的。哪裡哪裡，我也就是個次羽量級的選手罷了……哈哈哈……你可要把這次慶祝會搞得漂漂亮亮的啊！……運動，就是遊戲，……我的球拍……。」

看來他正在熱烈地談一次兵兵球比賽。記者和領導幾個人就站在旁邊陪聽。一聽就是十幾分鐘。看來這位法官辦事很專一，不管什麼事，只能一件一件地辦。

最後這個電話終於打完了，他轉過臉對記者說：「你的案子我已經準備判了。請你先出去，我找你的領導談一下。」

記者走出房門，在門口聽見這位「大法官」在裡面說：「這個案子，原告告得有道理，我已經調查了他的報導，構成侵害名譽權。」

記者愣住了！怎麼可能？下麵的話他聽不清了。

回電視台的路上，記者的領導對他說：「你馬上要準備一下了，

可能判決書都已經寫好了，只等你們去簽字。」

「我們報導是眞實的，偷拍的錄相可以說明問題。」

「法官說了，偷拍的錄相不能作爲證據，看來你要準備打二審了。」

「怎麼會這樣？」記者實在不明白，一個明顯之極的製假售假的典型怎麼會成了堂堂正正的「原告」？

他再一次和同仁們一起把拍攝「神力丸」的所有素材和片子都認眞地看了幾遍，最後得出結論：偷拍到的儘管是事實，但也不是完全沒有缺陷。由於是偷拍，很多需要強調的東西沒有強調，比如「劉麻士」的醫學博士資格，還有他的企業性質到底是什麼，這些都沒有深入調查，只是就事論事。

一個事物的存在是有著諸多方面關係支撐的，不然也不會在這個社會中存在這麼長久。這個企業已經有5年的歷史了。儘管用假藥、用危險藥害人，但是其內幕一直沒有得到揭露，而電視台曝光後，居然有能力反撲過來倒打一耙，其能力不可小覷。

記者們決定對這一企業再次深入調查。

公開的採訪是不可能了。只有暗訪。事情決定後得到了領導的全力支持。他說：「這不僅僅是一個『官司』，而是一種新的挑戰。惡勢力也會用我們的武器如：反告狀，包括偷拍等等來對付我們。我們

不能退縮！

這一天，天陰得很厲害，小雨從清晨到中午一直在下。記者們重新檢查了一遍設備，決定兵分兩路。

記者選定的第一個採訪點是企業的發證單位——工商局。他的身份完全是公開的，只是採訪用的設備是偷拍機。這樣可以減少對方的戒心，同時也可以瞭解更真實的情況。

工商局接待他們的是一個中年幹部，他就是給企業辦許可證的。

當記者把要瞭解的情況向他攤出後，他沉思了一會兒說，你要找劉麻士的麻煩可是不好辦。劉麻士和我們縣裡的不少領導過往甚密呀。不過我可以告訴你，他的企業從沒有在工商局辦過證，他所謂的經營許可證是不存在的。

只要這句話就足夠了！記者十分感激，這位幹部完全可以拒絕回答他的問題。

記者又問一句：「你可以開個證明嗎？」

這位幹部想了想：「可以吧。」他回答得不十分明確，但她告訴記者，辦經營許可證只是一個環節，要經營保健品還需要衛生部門的批准。

對衛生局的採訪沒有工商局那麼順利。由於事先已經電告當地衛生局，所以記者走進衛生局大樓後，便直奔局長辦公室。在門口，一

個頭髮稀疏、體態胖胖的中年人與他們擦肩而過。記者進門後問：「趙局長在嗎？」裡面的人說剛才出去的就是。記者連忙追出來，只見這位趙局長正側身進了廁所。

記者又回到辦公室等，一個小時過去了，局長大人如廁深沉，一直不見出來。又是半個小時過去了，局長大人仍然沒出來，看來局長大人的腸胃有問題了。記者再問辦公室的人，那人剛剛接過電話，說道：「趙局長有急事已經出去了。」

「什麼時候回來？」

「不知道。」

「今天還回來嗎？」

「今天可能不回來了。」

牆上的鐘此時正指向下午三點。另一個記者一直盯著廁所，聽此一說，索性跑到廁所裡，只見幾個「方便」門都開著，只有一個門緊緊地鎖上了，怎麼推也推不開。裡面分明有人！難道是局長大人，記者不敢想下去了。

這時，另一路採訪的記者用手機傳來好消息。

「我們在劉麻士的村裡向當地農民瞭解到，他根本不是什麼醫學教授。」

「你們怎麼瞭解的？」

「我們直接找到了村長。我們找了一個老鄉，老鄉的親戚在咱們台裡，他帶我們去的。」

「這麼巧？」

「也是該老劉倒楣了。」

「你們用大機器拍啦。」

「那怎麼行？大機器一舉，什麼話都沒啦！」

「那你們是什麼身份？」

「我們以採購員的身份去的。村長一見我們就說，別採購啦，你們沒看電視台已經給他曝光啦。然後就介紹了他的情況，說他一沒上過什麼學校，二也沒聽說評上什麼教授，只是一普通的農民。」

「這個資訊很重要，我們馬上和他的職稱單位聯繫。」

現代化的通訊就是迅速。不到一個小時，已查清楚所謂的美國大學的教授和新加坡授予的大師稱號根本就是子虛烏有。縣職稱辦很乾脆地說他沒有什麼職稱，也就是說一沒有行醫資格，二也沒有開發保健品的資格。

可是爲什麼這樣一個人在當地卻搞得紅紅火火呢？

答案很快就出來了：他和縣裡的「三把手」關係不一般！聽說「三把手」兒子去澳大利亞留學就是他贊助的。

「神力丸」的註冊資金只有兩萬，可是他卻租著縣裡最大的一間

招待所作為工廠。據說這也是這位「三把手」親自批准的。

記者聽到這些，一不做二不休，他請工商局和縣職稱辦的同志一起去「神力丸」工廠走一遭，請他們鑑定一下那裡的各種執照和許可證。當然，這一切又都是不公開的。

幾個人以到廠裡買藥的名義，走進了被稱為縣裡最大的「神力丸」保健品有限公司。

事情又是想不到的順利。工商局那位同位剛一進門就悄然對記者說：「牆上掛的『執照』是假的！」

事情應該十分清楚了。劉麻士本人的職稱是假的，經營執照是假的。而他訴狀中說記者侵害他的名譽權，一個是企業，一個就是他本人的職稱，而這個企業根本就不合法，他本人更沒有什麼資格，全是他自己造假出來的。

這次採訪除了衛生局之外，可以說基本上是順利的。事實清楚又簡單。可是為什麼這個明顯的造假企業至今打不倒呢？在採訪中記者偶然聽到這樣一個消息，法院主審法官親自來調查過，這已經超出了一般的司法慣例。更有意思的是，法官在調查期間居然是由原告負責接待的。

回到北京後，記者把這次明訪和暗訪到的事實再次提供給了法庭。法庭收回了原來的裁決。

為偷拍寫檢查

小青用餘光向小黃望去，心裡咯噔了一下。原來小黃從開始就一直沒有走動過。不但如此，他的包還隨著王總左右搖擺著。

「聽說一家專做國內產品出口的公司在王府井的一家賓館租了一層豪華的客房，在裡面搞非法經營，欺騙客戶錢財。那個老闆是個外籍華人，打著做產品出口認證的牌子，辦假證，圈錢坑人！」

「你怎麼肯定人家是辦假證的？」

「已經有好幾家製藥的大公司被騙了。我的一個朋友就是一家被騙公司的總經理，現在可慘啦，背著一身的債沒法還啊！」

「那可以打官司告倒他啊！這年代，法制社會啊！」

「算了吧，有後台的。」說話人的口氣挺鬱悶心。

小青，一名在電視新聞中心工作已經有好幾年的記者，憑著職業敏感，從朋友的這些談話中，「嗅」到這應該是一條值得好好報導的新聞線索。

匆匆忙忙地趕回辦公室，將自己的想法和計畫報告給了領導。在

自己的記者生涯中，這是第一回碰到與這種涉外的商人打交道。

是福是禍？一連串的符號在小青的腦海中一閃而過。

查線索，找「線人」，像港片裡面做臥底的員警一樣。幾天下來，小青掌握了報導所需的文字材料，一切準備就緒，只差當場「抓贓」這一股東風了。於是叫了同組的攝像實習生小黃，一起踏上了偷拍的道路。

小青帶上小帶其實是一場賭博，心裡沒底。試想一個攝像專業剛畢業的小夥子，習慣了在學校面對那些調焦、變焦、處理畫面等純技術問題，一下子上了荷槍實彈的社會「戰場」偷拍，未免有點勉為其難。可「一個好漢三個幫」，偷拍的事情一個人是很難做下來的。

常規的偷拍方法是：一個記者說話聊天引開人家的注意力，剩下一個就集中精力抓拍鏡頭。兩個人之間的配合非常重要，有時得把角色分清楚，碰上一些精明的商販，一舉一動都得小心。比如說兩位記者裝扮成商人，誰是老闆，誰是下手，誰給生意人開門，誰坐主要的拍攝位置，這些事都得先商量、配合好。不然一暴露後果不堪設想。

可這次來也匆匆，兩個人配合可以說是很陌生的，難道去也會匆匆嗎？

他倆來到王府井貴賓樓，電梯上到18層，到了那家公司。電梯門一打開，映入眼簾的是正對面那塊刻著「保利X藥品出口公司」的巨

大水晶門牌。透明的大字做工精細，在四周射燈的照耀下晶瑩透亮，很是美觀。要不是事先知道內情，小青一定會以為這是一家規模宏大，很有實力的公司。

小青推開公司的大門走了進去。才到門口，一位身著職業裝的美貌小姐滿面笑容地迎了過來。

「您好，歡迎來到保利x藥品出口公司，請問兩位預約了嗎？」

小青沉著穩定地應話：「哦，我是君康公司的助理經理小青。前天從報紙和電視上看到貴公司做的廣告，想同貴公司總經理談一下有關業務合作問題。」

「好，請您到接待室稍等，我去請總經理。」

小姐微笑著將小青和小黃請到公司接待室後，走了出去。小姐一走開，小青和小黃就忙著準備起來。小青心中使勁默念著今天採訪需要了解的核心內容。當然，另一半心思留在一旁準備偷拍機的小黃身上。

在暗訪過程中，最重要的就是按置偷拍機這一環節。安置不好，取下來的鏡頭就根本滿足不了觀眾的視線要求。一般偷拍機放在黑皮夾包中，小型的攝像機鏡頭對著皮包側面的一個小孔，從小孔裡面抓取鏡頭。一般的人不太容易發覺。

小青還不忘囑咐小黃幾句。

「小黃，待會兒拍的時候千萬別緊張，把你的技術活使出來就行。你就把它當作一場很普通的訓練課就可以了。等會我和那個經理談話的時候，你就見機行事，拍攝越自然越好。OK？」

小黃鄭重的點點頭，伸出「V」字手形。很明顯，他的手有點顫抖，看來初涉此場合，沒有一定的「社會訓練」，很難一時鎮靜下來。

公司總經理推門走了進來。

迎面一位1.80米的個頭、梳著四六分頭、西裝革履的紳士，風度翩翩。初眼望去，小青實在很難把他和「大騙子」的身份掛鉤。

知人知面不知心吧。

「歡迎兩位的到來，我是保利X公司的總經理王財。」

「您好，王總，我是君康公司的助理經理小青，這位是秘書小黃，我們今天代表公司同貴公司商談有關業務合作問題。」

接待我們的秘書小姐轉身走了出去。會客廳中只剩了小青、小黃、王經理3個人。小青向一旁的小黃使了一個眼色，小黃輕點頭從座位上站了起來，挑了一個能夠正對著王總的位置坐了下來。

小青和王經理的談話正式開始了。

「王總，情況是這樣的。我們公司是一家以生產藥品為主的企業，以往我們主要面對的客戶是東南亞地區。主要的產品是保健藥

品，因為這些對於病人和健康的人都是很有益的，所以我們的產品銷售量一直非常可觀。為此，我公司經理作出開拓歐美市場的指示，第一步打算打入美國市場。但是藥品進入美國是需要經過美國官方的檢測驗證後才能進入市場的，為此我們一直在尋找能夠辦理該手續的部門。前幾日，我們在報紙上和電視上看到了貴公司的廣告，所以今天特來拜訪，希望貴公司能夠辦理此項業務。」

「您盡可以放心，我們公司所做的業務就是替國內一些需要出口的產品做相關的檢驗認證。像國內的一些藥品、食品等等，都是要通過國外有關部門認證的。」頭頭是道，一聽說有買賣，王總開始誇口起來，吹噓自己的公司的實力如何如何，與國外的一些著名公司也有來往。

「既然認證是要在國外有關部門進行認證，那貴公司所做的認證拿到國外會不會得不到認同呢？」

「不會的，我們這家認證公司是經過美國有關當局註冊，並授予認證權利的，我可以保證本公司所發的檢測認證書是絕對有效的。這一點請你們放心。」

「貴公司辦理認證需要多長時間？我們有一批貨物需要近期出口，所以時間有點倉促。」

「這一點您可以不用擔心，公司對廣大客戶有承諾。在3天之內，一定將一切相關的手續辦理好，並把認證證書交到貴公司手裡。」

聽了王經理的話，小青故作驚訝：「跨國的檢測認證能有那麼快？那您的收費一定非常昂貴了吧，做一次認證需要多少費用？」

「諮詢費、認證費還有其他一些費用加在一起總共是15000美金。」

按照國家出口藥品的有關法律檔規定，這些收費標準根本沒有這麼高。

「15000美元！這？王總，您的要價是不是高了一點？王總眼睛一瞥，微微笑道：「小青先生，我說的價格已經是最低價了，我們絕對是按國際標準收費，如果您認為價格太高或者是不信任我們，怕我們漫天要價的話，您大可以調查一番，等調查清楚了再跟我們談。」

「我這正好有些資料可以讓你參考一下。」王總往桌子上指了指：一大堆書籍、文稿，也不知是不是蒙人的。但他的眼神裡卻很明顯流露出不可一世的味道。

「不，我不是這個意思，只是價錢上希望能同王總您再商量商量。」

「可以，這個我們可以慢慢談，也可以在價位上做相應的調整。做生意，和氣乃生財的本道嘛！」

小青用餘光向小黃望去，心裡咯噔了一下。原來小黃從開始就一直沒有動過。不但如此，他的包還隨著王總而左右搖擺。

小青心裡開始吃緊：這個小黃，讓他放鬆的，可他現在動作這麼死板。人家怎麼可能沒有一點反應呢？哎，真是的。多聊出一些證據就走，免得被察覺。

　　小青的臉上閃過一瞬間的驚慌，但馬上又恢復了平靜。鎮了鎮精神正要繼續開口，忽然，王總的一句話打斷了他：「小黃，你的包很不錯嘛，不要總是對著我，好嗎？請你把包拿遠一點。」王總很客氣地說。

　　小黃還沒明白是怎麼回事，就聽王經理又是一句：「把包拿遠點。」這一次，他的口氣變得比較生硬。

　　「完了，被發現了。」小青心中大叫不好。

　　「我這個包不方便離身的。」小黃開口為自己說話了。

　　儘管理由勉強過得去，但那蹩腳的地方普通話完全坧

　　「包不離身？我看包裡面有東西吧？來人！」王經理衝衝著門口大喊一聲。

　　「啪！」大門被推開，五六個保安衝了進來，將小黃死死地圍住。

　　「把他手裡的皮包拿過來。」王經理一聲令下，保安二話不說，一把搶下小黃仍緊抱在懷中的包。

　　「憑什麼拿我們的包啊？」小青急了。

「憑什麼？就憑這個！」皮包被打開一看，裡面的偷拍機露了「原形」！

「哼！」看了偷拍機一眼，王經理冷笑了一聲。

「實話告訴你們，自打你們一進來，我就已經感覺出一些不對勁。用這一套？」邊說邊從保安手中拿過偷拍機向小青晃了晃。

「年輕人，你們這點小技量騙騙那些小人物還湊合，在我面前，你們就少來這一套，當我沒見過世面？我在國外見得多了。你們知道我是誰嗎？知道我和國家安全部○○領導是什麼關係嗎？你們仔細看看後面的照片，再稱稱自己有多重。」王總一副威風凜凜、趾高氣揚的樣子，此時完全沒有了「出場」時的gentleman(紳士)風度了。

這是「秀才遇到強盜」啊！

偷拍失敗、偷拍機被奪是不爭的事實，身旁還有潛在的暴力危機(五六個保安佔據了有利位置，把他們圍成了一圈)，小青再怎麼鎮定，還是吸了一口氣，手心感覺到有一點發熱，可能是出汗了。

這時只有向王總「亮招」(即亮證)才能讓事態有所緩解。

「我是中央電視台新聞中心的記者，把機器還給我。」小青從衣服裡面拿出了自己的記者證，上面蓋有中央電視台的大紅章子。

小青本以為這一招會起作用，誰知道卻帶來了意想不到的麻煩。

「記者又怎麼樣？有像你們這樣當記者的嗎？懷疑我們公司就用

偷拍這一招？如果我公司的名聲被弄壞了，你賠得起嗎？再說，採訪都得有個規矩吧，無規矩不以成方圓！」王總一副很氣憤的神情，轉過身撥打著電話。

「是電視台的○○主任吧？我們這有兩位貴台的『不素之客』，你看怎麼辦吧？要採訪，要做什麼事就直接一點，我們會和媒體合作。但，不要讓他們做這種事情，弄壞我們公司的名聲，責任可不小啊！……」小青越聽心裡就越發毛，因爲王總提及的那個主任就是自己的頂頭上司！

「你接一下電話吧。」王總對著小青說道，兩隻眼睛始終有離開他，狠狠地盯著。小青惶惶恐恐接過電話，電話那邊卻出奇平靜。

「你們先回來，這件事情回頭再說。」這是領導的指示和安排。

「我個人也不想太爲難你們，寫個檢查、賠個禮道個歉就算了。給你們年輕人一個教訓，讓你們好好反省一下。年輕人不懂事，我們這些作長輩的也給你們改過自新的一個機會，不能對犯錯的一棒子打死……」

「憑什麼要寫檢查？」小青質問著王總，失敗了，口氣還那麼倔強。

「憑什麼？憑我公司的名聲和你們領導的指示！」

寫檢查，被迫寫了，賠禮道歉也做了。當然這一切都是敷衍了

事。小青和小黃無法釋懷地走出了賓館大門，回辦公室迎接上司的「教訓」。

「小黃，有你這樣偷拍的嗎？」小青帶著責備的口氣問小黃。

「我也沒想到他會發現我啊！再說，你要求的鏡頭畫面要清晰，我不對著他，你說能怎麼辦？」小黃也寸步不讓。

第一回搭檔就開始產生矛盾了。

「我不是說你不對，只是，你的鏡頭對著他也得靈活多變啊！」

「換你，你來拍啊？」實習生還挺倔的。

「我，哎呀，不說了……」小青也說不下去了。

領導已經低調處理了這件事情。小青和小黃拍的新聞也沒有播發。因為一些不可言的事情，一條新聞就這樣給「斃」了。

一天，小青正陪著女朋友在街上蹓躂，似乎還沒有從失敗的偷拍陰影中走出來，小青顯得無精打采。

「陪我去藥店看看，我這幾天喉嚨不太舒服。可能是受寒感冒引起發炎了。」女朋友的輕聲細語把小青的思緒拉了回來。

走進一家藥店，小青的眼神一下子聚到了櫃台的一方：那是上次在保利X公司出口藥品種類中的一種非法進口消炎藥！

「這個不是不讓進口嗎？」小青問櫃台服務員。

「誰說的？我們沒有聽說啊！」服務員用很疑惑的眼光看著他。

「眞的是不讓進口的。你再問問你們經理。」

服務員叫來了經理，30出頭，個子高高的。

「這種藥品不是不讓進口嗎？」

「是嗎？我們沒有聽說。保利X公司不是有這種藥品進口嗎？我們都是從那批過來的。」經理解釋道。

保利X！多麼耳熟！

「你不信？我幫你打電話問清楚。」

一番交談過後，小青跟女朋友走出了藥店，沒有買藥。因爲經理證實了那種消炎藥是可以進口的。

不知不覺中日子過去了一個多月。走在王府井的大街上，陽光嫵媚。小青的心情也好得出奇，因爲他翻身了！

「歡迎收看今天新聞，全國打假工作繼續進行，今天報導的是一條涉及到有關辦假證騙錢的公司。經有關部門的調查，保利X公司是非法藥品進出口公司，涉案的相關人員已經被有關部門查處……」

但接下來的一幕卻讓他很是無奈：走進附近的一家藥店，小青卻看到了電視上明文禁止進口的藥品，藥店工作人員還在大張旗鼓地吆喝著……

被別人反偷拍

在一次我認為沒有任何風險的偷拍中，卻差一點兒被人當作小偷論處。

偷拍是一件危險的事情，我很慶倖的一點就是自己在偷拍的過程之中，即使是身處險鏡，也總能化險爲夷。但是有時候也會有一些陰溝裡翻船的事情發生，而且是因爲一些哭笑不得的因素，比如說，機器故障。正是因爲機器故障，在一次我認爲沒有任何風險的偷拍中，卻幾乎被人當作小偷論處。

在我不長的偷拍生涯中，一共使用過兩種類型的偷拍機。一種是包式的，是將一台小型「掌中寶」家用攝像機裝在一個很小的皮手袋之中，用一個特製的針眼鏡頭和攝像機相連，這種偷拍機給我的感覺是性能穩定，操作靈活，使用起來得心應手。另一種是鋼筆式的。而幾乎讓我翻船的就是這種偷拍機。如果有人在炎熱的夏天，穿著長袖的衣服手裡拿著支鋼筆，傻乎乎地在你面前晃來晃去，你管他借筆，他卻給你另一支，這就有可能是正在進行偷拍工作的記者。

我就做過這樣的一個記者。這是在1999年夏天最熱的一天，北京

的天氣預報第一次突破了40度以上。直到現在，我仍然清楚地記得我們在去偷拍的路上，坐車駛過長安街的情景：遠遠看去，長安街的柏油路面就像一面光滑的鏡子。據說，當時地面溫度達到60多度。就是在這樣的天氣裡，我穿著厚厚的長袖T恤衫，手裡攜著這只「拖著尾巴的鋼筆」上路了。

應該說，偷拍之前我沒有把這次行動當回事兒，因為在我看來，這只是一次普通的偷拍。新聞的選題是同行的另一位記者找的。北京新開的一家建材超市承諾「無障礙退貨」，就是說你在這裡買了一件東西，在一定期限內只要東西沒壞，你就可以來退，商家不會問你原因。為了考察這種承諾的真實性，我們選擇了裝作普通消費者進行偷拍。按照事先的計畫，我們準備進去隨便買點什麼就走，因次在進店之前，我就早早打開了偷拍機。

一走進商店，我們就傻了眼。這是一家有10000多平米營業面積的大超市，由於是新開業，又是工作日，所以這裡的顧客極少，而這裡的存包要求則完全打亂了我們的全盤計畫。好在超市外有一間公廁，我跑到裡面將身上已經上好的裝備都卸下來，裝在包中。

在超市中假裝閒逛，我們一邊選貨一邊合計，又制定了臨時的行動方案，即我先出去，取出偷拍機，然後到廁所中裝好，用手機呼同行的記者，我再在收銀台把他買東西的過程拍下來。

方案制定後，我們馬上實施。開始一切順利，但是當我在廁所中

中國誠信的背後

280

裝偷拍機時，SONY「掌中寶」卻在關鍵時刻又掉了鏈子。

　　爲著這「掌中寶」，我沒少勞神，它經常會抽風似地不吃帶子，去維修點檢查過好幾次，都沒有發現問題，又爲此買了好幾盤新帶子，還是不行。後來我摸到了規律，只要攝像機一報警，就得馬上把帶子退出來，然後再插進去。這樣來回往復試10次左右會有兩次能行。

　　在這次偷拍之前，我就吃過苦頭，那是我和同事在偷拍「商家打白條現象掃描」這條新聞，爲了拍到一家髮廊不給開發票的全過程，這位同事在髮廊洗頭，我們約好10分鐘後我進去偷拍交錢的鏡頭，但是就因爲這台「掌中寶」，讓我在外面倒騰了20多分鐘，同事在髮廊裡面頭已經洗完了，見還沒出現，只好又焗了油。

　　這回的運氣更糟，我把自己反鎖在廁所的隔間裡，一次次把磁帶插進帶倉又退出來，液晶顯示幕仍然顯示不吃帶子，而最要命的是這台「掌中寶」的報警聲在空空蕩蕩的廁所裡顯得音量驚人。在連續有幾人進出廁所之後，「掌中寶」仍然沒有好轉的跡象，我感到此地不宜久留，必須轉移地點。

　　走出超市，穿過超市空曠的停車場，我找到一片樹蔭席地而坐，繼續重複這項痛苦而無奈的工作。說來奇怪，平時重複放帶子五六遍就能正常工作的「掌中寶」，這次卻試了20多次還是不行。

　　就在無一籌莫展的時候，偶然一抬頭，發現一名超市保安在我右

面5米左右，正斜著眼盯著我的一舉一動，大概有一會兒了。就在我在超市外面一邊修攝像機，一邊和保安周旋的時候，同事在超市裡邊的日子也不好過。由於我出去之後就沒了音信，他又沒有手機，只好繼續在裡邊瞎轉。這時越來越接中午，超市幾乎就剩他一個顧客了，但是他還在裡面苦苦支撐，即不買東西也不走。當我終於修好了「掌中寶」並發出了聯絡暗號的時候，他已經一個人在超市裡瞎逛了1個多小時了。我看著他從超市裡走出來，表情很有意思，原來他後面眼著3個售貨員。

後來，所買的東西很容易就退掉了，這家超市沒有違背他們的諾言。第二次我們又以中央台記者的身分來這家超市採訪他們無障礙退貨的心得。臨走時，我很得意的對這裡的負責人說：

「我曾經來你們這兒偷拍過，怎麼樣，不知道吧？」

「你們什麼時候來的？」負責人很驚訝。

「就前天。」

「啊！原來是你們呀，我說看你怎麼有點眼熟呢！你們跟我過來看看。」負責人把我們帶到超市角落一間很隱蔽的房間，裡面有十幾台監視器，原來這是超市的監控室。負責人調出了前天上午的錄影，打開一看就是我鬼鬼祟祟地出入廁所的鏡頭，在我到超市外的時候，監控攝像機一分鐘也沒離開過我的同事。

　　這回輪到負責人得意的對我們說了：「怎麼樣？我們這兒還是挺先進的吧？我還以為你們是超市竊賊呢！」

　　「沒想到偷拍別人卻被別人偷拍了一把，太丟人了！」走出超市後我對同事說。

附錄 DV電影的先行者

「王牌大間諜」

　　深夜，一個黑影悄悄地鑽入戒備森嚴的某幢大廈，他小心翼翼潛行，終於發現目標，然後舉起微型照相機「咔、咔、咔、咔」一頓猛拍……這樣的鏡頭大家想必都熟悉得很，不管是《007》系列還是《真實的謊言》或者是《Mission Impossible》，銀幕上的間諜偷拍都已是司空見慣的了，間諜們使用的偷拍設備更是五花八門，令人嘆為觀止。

　　最早的偷拍設備僅僅是局限於軍事和國家安全部門使用，早在上個世紀50年代，間諜們就開始使用偷拍攝像機設備。

　　20世紀60年代，電視業進入高速發展時期，電視設備也隨著科技的發展和時代的需求，日趨小型化，電視記者也開始使用上了偷拍機。偷拍設備的小型化，為偷拍再次提供了有利的記錄工具。偷拍、偷錄是隱性採訪中常用的手段，有利於記者挖掘到一般採訪中不易獲得的資訊，增強新聞的真實感、現場感，因而成為記者們的「秘密武器」。

記者偷拍典型的例子就是CBS的偷拍產業——甘迺迪總統遇刺事件、民權運動、越南戰爭和水門事件，為美國的電視新聞樹立了良好的公眾形象。電視新聞贏得收視率之後，又在電子技術進步的推動下，把鏡頭對準了美國人生活的方方面面，一系列調查性電視新聞節目開始產生和發展，現場偷拍等手段成為可能。

幾年前英國BBC的一位女記者，自己假充模特，到一時裝公司去打工，用藏在身上的微型攝像機拍到了這家公司讓模特做妓女的醜聞。

「笑笑偷拍鏡」是英國近期一個收視率最高的家庭娛樂節目，主持人令人不以為然地落入精心設計的「幽默陷阱」，巧妙地捕捉到人類在天真、自然、心急、煩躁時流露出其既真實又幽默的一面。「笑笑偷拍鏡」在歐洲及世界各地都極受歡迎，更一度引起了各地幽默式偷拍的熱潮，為現今繁忙枯燥的城市生活增添了不少色彩。

在國內最早使用偷拍攝像機的是中央電視台，那是在1990年，當時採用的設備就是老式的Hi8攝像機。通過偷拍，記者們挖掘深度新聞，獲取了大量正面採訪得不到的信息和材料，播出的新聞，「再訪無極」、「病死雞豈能當燒雞賣」等，以真實潑辣、敢於針砭時弊、大膽進行輿論監督的風格而為全國觀眾所認同，在新聞界也贏得了很高的聲譽，可以肯定，沒有偷拍、偷錄就沒有這些好報導。

DV機的誕生

　　話說數位攝影機自1995年推出後，短短幾年時間卻已呈現取代傳統攝影機的趨勢，不論在功能及擴充性上，都比傳統設備優異許多，此舉也讓數字訊號逐漸取代過去的模擬訊號，成為攝影機的新名詞。同時，其便攜性和隱蔽性也為偷拍提供了更為有利的工具。這種技術上的革新和沿襲過程促使了全新影像語言——DV的誕生。

　　SONY於1985年初推出搭載全新錄影系統的攝像機CCD-V8之後，這套使用8釐米的全新系統，就成為眾所皆知的V8。V8錄影系統除了預留Hi-Fi立體聲及PCM數字聲音資料的記錄區之外，更將水平解析度一舉提升到270線之多，並可記錄長達兩小時，上市後立即成為家用攝影機的主流。但是當SONY的競爭對手JVC推出水平解析度達400線的S-VHS系統後，SONY隨即在1989年推出V8的後續系統Hi8，將水平解析度提升到400線。V8及Hi8都是屬於傳統的模擬式攝影機，這些家用攝影機只能以模擬訊號來記錄影像，在一般的錄影機上播放。當數字化的浪潮席捲所有的電子產品，將模擬訊號轉換成數字訊號的攝影器材便成為不可逃避的必然趨勢，並促成數字攝機D8的誕生。

　　1995年，索尼、松下等56家公司共同推薦制定了家用數字攝錄機的磁帶記錄格式——DV格式，並相繼推出了多型號的DV數字攝像機。讓數字攝像機立刻進入高成長期。

DV電影的創建

　　在數碼影像中看世界，遊遊蕩蕩的影像記錄就在城市裡發生著。無邊無際的人潮中，一個年輕人正提著DV，和你擦身而過，說不定你已經進入他的數字鏡頭，成了他的一個「演員」。在這個視覺手段越來越完備，讓所有人都眼花繚亂的時代，DV正讓越來越多的普通人有了「用數字記錄人生」的可能性。剛開始，DV只是被人們用來拍攝家庭錄影，但它的高解析度、便攜及複製信號無損失等不斷完善的優點，加上電腦配套設備的快速更新，使其從1997年起成為全球的專業影像工作者、尤其是富有創造力的新新人類自己拍片的首選器材。

　　美國的獨立製片人詹‧詹斯特是DV電影的創見者。他1943年生於芝加哥，1963年被大學除名，從此開始16毫米電影的自學生涯。1965年因反越戰拒絕服兵役，被判處2年零3月刑獄。刑滿後，積極投身政治運動，並創始至今在美享有盛譽的獨立電影製作與發行公司Newsreel。1974年開始故事片創作，電影理念極度自由，從傳統的劇情片、偵探片、學術片至先鋒片，涉及美國各個領域，被譽為當代世界影壇最原創和最有影響的獨立電影人之一。DV一出現，詹‧詹斯特便是積極的宣導者和參與者。1999年，他在鹿特丹電影節的演講中道出了DV電影的精神實質。

　　最先實踐DV拍攝的是丹麥的4個年輕人，他們開闢了「Dogme95宣

言」並且身體力行，從《家變》、《破浪》到《白痴》，每一部小組作品都給世界影壇帶來巨大震盪。2000年，宣言發起者拉斯馮蒂爾（Lars Von Trier）憑其用DV拍的影片《黑暗中舞者》（Dancer In The Dark）獲坎城電影節（International Cannes Film Festival）金棕櫚大獎。2002年，在全世界最大的獨立電影盛會——聖丹斯電影節上，40%的參展影片採用DV拍攝。

在中國，DV成了年輕人衝破傳統影像製作方式的最有效途徑，廉價便捷的拍攝方式讓大家用數字鏡頭「看世界」的衝動與日俱增。和外國人著迷於DV帶來的對電影技術的顛覆不大一樣，更多的中國人把DV當作一種全新的表達自己的手段。很多人喜歡用DV拍攝記錄片，就是因為這一類型的影像能夠最大限度擺脫影片外在的視覺震撼，轉而關注生活的表象之下以及傳達出來的人文精神。

偷拍——DV電影

DV攝像機在日趨成熟的剪輯軟件的配合下，不僅使個人拍攝影視劇成為了現實，也可能使任何想要成為影視明星的人們夢想成眞。目前在經濟實力比較雄厚的大城市，一批影視創作人員和執意要試探自己創作潛能的電影學院學生，正在掏空他們所有的腰包購買DV機，拍

攝著他們眼中的世界。

在這批DV電影中有相當多的作品就是大量使用偷拍這一手法拍攝的。DV作品也大部分都是集中在記錄片的形式上，這可能和它的便攜性和隱蔽性有關，也可能和記錄片的操作成本比較低有關。偷拍眞實地記錄了眞實環境、眞實時間裡發生的眞人、眞事。因此，這些DV作品的本質，就在於迅速、眞實、深刻地表現眞實世界，展現生活中原質的美，回答人們提出的各種問題。從這個意義上說，記實創作手法就不能僅僅作爲一種拍攝技巧，而應該是記錄片創作的美學原則。DV之所以會吸引我們，是因爲DV給我們提供了一種新的自由，一種思想和創作的自由。以前由於技術和意識的緣故，掌握用影像說話的方式和權利是一種經濟成本和個人代價很高的行爲。而DV給這種個人夢想提供了某種可能性。

於是，隨著攝像器材越來越先進，偷拍偷錄現象也越來越多地進入了普通人的生活。

《山城紀事》

講的是一個小人物在一個城市的生活，以及他寫的3封與這種生活有反差的家書。以3封家書作爲旁白，組成這部片子的結構。《山城紀事》把這個底層的小人物放在一個城市的情境之中，由此來觀照他的精神和物質生活方式。影片中使用了大量的搶拍、偷拍的手持拍

攝方式,力圖達到一種記實風格。

《老頭》

　　影片從觀看者常用的位置——街對面開始,記述了老頭們的晚年生活,他們或是子然一身或是與老伴相依爲命,兒女們只在年節時才出現。孤獨和等待死亡是他們生活的主題,越來越不聽話的身體,兒女忙於生計後的無人問津,以及楊老頭住院後的慘痛經歷告訴他們:唯有等待——曬太陽、嘮嗑。他們談話的內容往往是互相打趣,除了老倆口拌嘴時偶爾提及過去,我們聽不到他們回憶舊事。影片是紛繁、瑣碎的敘事集合。我們跟著鏡頭撲捉老頭們生活的點點滴滴:楊老頭養蟈蟈、關於楊老頭住院花費的不同說法、老倆口鬧離婚、老頭們集體照相。

《冼手間》

　　同樣反射出某一類人原生狀態。這部DV記錄片只有短短6分鐘,但拍攝者崔岫聞所選擇的人群更爲特殊——在一個明顯有「風月」色彩的娛樂場所的洗手間。出現在畫面裡的基本上是一些從事特殊行業的年輕女性,她們都是眞實場景中的眞實人物——三三兩兩地交替在洗手間裡的那面大鏡子面前整理容顏、數數鈔票、打電話勾引別人的老公等等。製作人崔岫聞曾經說到「這是一個純屬女人的私密空間,同時也是一個『公共場所』,要想把她們的眞實狀態記錄下來對我來

說確實很艱難。我意識到，關於這個題材，在表現形式上我幾乎沒有任何選擇的餘地，只有實拍、真拍。」這些畫面是通過一台電視台用的專業偷拍機「偷拍」到的，因為洗手間這個空間的功能是提供給無數個女性「方便」使用的，在這個公共場所裡，這中間許許多多的情況和細節就完全在大多數人的想像之外了。

　　大凡到這裡坐台的小姐們的門票都是要自己付的，再加上小姐們的服裝，化裝用品，以及做頭髮的費用，算起來是一筆不小的開支，也就是說進這個門的小姐們的成本費就要幾百甚至上千元，如果他們每晚的收入不能超出他們的成本，就意味著他們每天做虧本生意，據說這行競很激烈，小姐們淘汰率很高。門票對於小姐們來說只不過是准通行證，而真正的通行證是洗手間的「鏡子」。當小姐們面對鏡子整理自己的容顏時，那種專注的神態近乎神聖。她們來照鏡子的時間和次數也絕對高於常人的無數倍，他們走近鏡子時會突

然掀起自己的裙子，看一下自己的內褲之後再放下，或者把手伸進自己的胸罩內把乳房的位置調整一下，或者摸摸自己的臉，整理一下頭髮，或者是補妝，或者是下意識地把雙手摸向兩股之間，或者是換內衣，或者是面對鏡子隨著外面的舞曲扭動幾下自己的肢體，或者捏一捏自己腰部多餘的肉，或者是旋轉自己的身體以便能看到背後，或者是機械地面對鏡子前後走動，或者是入廁（有的小姐會不關門對著鏡子入廁），或者數她們掙來的坐台費……所有的這一切都是面無表情而且絕對不會體會到他人的存在，但卻能感覺到是一種臨戰狀態，似乎外面的舞廳就是戰場。

這裡也是她們打電話的空間，我們在影片中看到一位小姐在洗手間很耐心地在給她的兒子在打電話，語氣親切、柔和，很有耐心地告訴她的孩子：「不要著急，媽媽很快就會回來。」當然也有很樂觀的小姐，隨著舞曲邊扭動邊打著響指邊在電話裡挑逗別人的老公。也有在這裡用電話

談他們的生意的，也許是不便當面談的，她們會在這裡談她們坐台的時間和價錢，當然這一切也都是對著鏡子的。

每個小姐的手上幾乎都會掛著一個圓牌，是她們的包牌，這似乎成了一種標誌。小姐們放錢的方式也各不相同的，她們會間或來洗手間數一數她們掙來的坐台費，大概是不便當著客人的面數，或不確切知道客人給的錢的數目，最常見的放錢方式是小姐們的手機基本都有個套，她們會把錢放在手機套內，有的小姐會把錢放在鞋裡，踩在腳下，有的會放在胸罩內，有的會放在內褲裡。偶爾也會有三五成群互相熟識的小姐們進來交流一下她們的坐台費和坐台次數。

最另類和最有意思的人，要算是洗手間的保潔員。她是一個很敬業的中年女人，她不停地把毛巾折疊好放在托盤裡，再送入消毒櫃，擦洗洗手池的台面和地面，這一切她幹得是那麼自如，也那麼機械，她是完全的面無表情，面對那些妖冶迷人的小姐，卻視而不見，隨時可以插入她們中整理洗手池，完成她的本職工作，對於她們收入的談論，她卻充耳不聞，似乎已麻木到了視所有的存在都正常的地步。這就是不同人的不同生存方式。

看過這部片子的許多人非常喜歡它的原因就是：真實狀態下具像的美麗。

實際上，DV電影中的偷拍因素恰恰暗合了人們的一種「偷窺」心理，它不僅能夠真實記錄和呈現人的最原始最本質的一面，而這一面

也許是平時我們自己都未曾留心的。同時，出於拍攝角度、目的的各異，DV電影本身的內涵以及對社會所起到的作用也是不同的。下面這個曾轟動一時的DV作品雖然不是專業人員所創作的，但其偷拍到的東西以及對人所產生的震撼，足以令人忽視這一因素。

「監獄四人組」偷拍影片驚南非

監獄應該是一個懲治壞人挽救好人的地方，可是南非一家監獄的情況卻令人觸目驚心。更令人震驚的是，如果不是四名殺人犯偷偷把這一切拍成一部記錄片，也許這座監獄的看守仍將對少年犯進行性侵犯，為成年犯人拉皮條，向犯人販賣可卡因、大麻、酒精、槍支、彈藥。

腐敗透頂的監獄看守也許做夢都不會想到，他們竟然不知不覺地在一部秘密電影中「飾演」了主角，而且一不小心成了聞名遐邇的「電影明星」，更不會想到他們對少年犯進行性侵犯，為成年犯人拉皮條，向犯人販賣可卡因、大麻、酒精、槍支、彈藥以及一些其他的令人吃驚的犯罪違法活動竟然成了這部影片的內容。最讓他們不敢相信的是，偷偷將監獄看守的這些骯髒行為拍攝下來的竟然是四名犯人。這個「監獄四人組」偷拍並剪輯而成的影片長達90分鐘，一經曝光，即讓全南非人震驚不已，也讓監獄裡的高級官員深深感到了問題的嚴重性，南非政府更是下令，對全國的監獄現狀進行全面細緻的調查。

這部記錄片的拍攝地點就在南非中部城市布隆方丹的大盧弗勒監獄，「監獄四人組」的舉動得到了當時的監獄長塔托羅‧塞特勒的大力支持，他也因此而被免職並調離了那個監獄，不過他已向南非最高法院提出上訴，要求官復原職。

「監獄四人組」的成員是：雙重謀殺犯穆薩‧米阿、武器搶劫犯蓋頓‧麥肯澤、殺人犯皮特拉斯‧塞庫托恩和詐騙犯撒母耳‧格羅伯拉爾。他們也為自己的行為付出了代價，現在都被單獨關在一間牢房裡，每天關押23個小時。奧蘭治自由邦省監獄專員威勒姆‧達蒙斯對作出這種懲罰進行了說明：「監獄不是拍攝好萊塢電影的地方。」塔托羅‧塞特勒也對薩巴尼‧加利領導的調查委員會講述了這件事，他說，達蒙斯曾數度要求他把電影膠片燒掉，聲稱如果電影公佈出去會損壞南非的形象，並使外國投資者撤資。達蒙斯甚至要求監獄長塞特勒保證「監獄四人組」不得在加利領導的委員會前作證。可是當加利法官堅持讓他們出來作證時，達蒙斯又提出要求說這些人一定要戴著手銬和腳鐐提供證據。

約翰尼斯堡《明星》報報導說：「為了阻止塞特勒的行動，達蒙斯領導的機構向其他官員傳達了明確的資訊，不許暴露監獄裡發生的腐敗和犯罪行為。」該報專欄作家馬薩‧塞都評論說：「塞特勒的行為註定要讓他付出慘重的代價，也在與整個的監獄系統進行抗爭，而這個體系是永遠不會放過他的，更不會寬恕他。塞特勒為了阻止監獄裡進一步發生更大的腐敗和犯罪行為不顧冒著違反行規的危險，允許

把監獄裡發生的腐敗和犯罪行為拍攝成電影，他將為他的誠實付出慘重代價。」

現在，DV電影創作被稱作「影像的書寫」，DV機被看作是最輕便、最直接抵達現實的一種利器，甚至具有一種異常逼真的記實風格，能夠自由地按照生活的真實面貌記錄式地反映現實，這恐怕和偷拍有著密不可分、千絲萬縷的聯繫吧。

中國誠信的背後

作　　　者	駱漢城 等	

發　行　人	林敬彬
主　　　編	楊安瑜
編　　　輯	蔡穎如
美 術 設 計	林秀穗
封 面 設 計	盧志偉

出　　　版	大都會文化事業有限公司　行政院新聞局北市業字第89號
發　　　行	大都會文化事業有限公司
	110台北市基隆路一段432號4樓之9
	讀者服務專線：(02)27235216
	讀者服務傳真：(02)27235220
	電子郵件信箱：metro@ms21.hinet.net

郵 政 劃 撥	14050529 大都會文化事業有限公司
出 版 日 期	2006年8月初版一刷
定　　　價	250元

I S B N 1 0	986-7651-66-9
I S B N 1 3	978-986-7651-66-2
書　　　號	Focus-002

Metropolitan Culture Enterprise Co., Ltd.
4F-9, Double Hero Bldg., 432, Keelung Rd., Sec. 1,
Taipei 110, Taiwan
Tel:+886-2-2723-5216　Fax:+886-2-2723-5220
E-mail:metro@ms21.hinet.net
Web-site:www.metrobook.com.tw

◎本書圖片由中國中央電視台提供
◎本書由江蘇文藝出版社授權繁體字版之出版發行
◎本書如有缺頁、破損、裝訂錯誤，請寄回本公司更換

　版權所有 翻印必究
　Printed in Taiwan. All rights reserved.

國家圖書館出版品預行編目資料

中國誠信的背後. / 駱漢城等 著.
－ 初版. － 臺北市：大都會文化, 2006[民95]
　面；公分. －（Focus；2）
ISBN 986-7651-66-9 (平裝)

857.85　　　　　　　　　95001861

廣　告　回　函
北區郵政管理局
登記證北台字第9125號
免　貼　郵　票

大都會文化事業有限公司

讀 者 服 務 部 　 　 收

110台北市基隆路一段432號4樓之9

寄回這張服務卡〔免貼郵票〕
您可以：
◎不定期收到最新出版訊息
◎參加各項回饋優惠活動

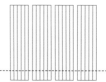

大都會文化　讀者服務卡

書名：**中國誠信的背後**

謝謝您選擇了這本書！期待您的支持與建議，讓我們能有更多聯繫與互動的機會。
日後您將可不定期收到本公司的新書資訊及特惠活動訊息。

A. 您在何時購得本書：_____年_____月_____日

B. 您在何處購得本書：_____書店，位於_____(市、縣)

C. 您從哪裡得知本書的消息：
　1.□書店　2.□報章雜誌　3.□電台活動　4.□網路資訊
　5.□書籤宣傳品等　6.□親友介紹　7.□書評　8.□其他

D. 您購買本書的動機：（可複選）
　1.□對主題或內容感興趣　2.□工作需要　3.□生活需要
　4.□自我進修　5.□內容為流行熱門話題　6.□其他

E. 您最喜歡本書的：（可複選）
　1.□內容題材　2.□字體大小　3.□翻譯文筆　4.□封面　5.□編排方式　6.□其他

F. 您認為本書的封面：1.□非常出色　2.□普通　3.□毫不起眼　4.□其他

G. 您認為本書的編排：1.□非常出色　2.□普通　3.□毫不起眼　4.□其他

H. 您通常以哪些方式購書：(可複選)
　1.□逛書店　2.□書展　3.□劃撥郵購　4.□團體訂購　5.□網路購書　6.□其他

I. 您希望我們出版哪類書籍：（可複選）
　1.□旅遊　2.□流行文化　3.□生活休閒　4.□美容保養　5.□散文小品
　6.□科學新知　7.□藝術音樂　8.□致富理財　9.□工商企管　10.□科幻推理
　11.□史哲類　12.□勵志傳記　13.□電影小說　14.□語言學習（_____語）
　15.□幽默諧趣　16.□其他

J. 您對本書(系)的建議：_____

K. 您對本出版社的建議：_____

讀者小檔案
姓名：_____　性別：□男　□女　生日：____年____月____日

年齡：1.□20歲以下 2.□21—30歲 3.□31—50歲 4.□51歲以上

職業：1.□學生 2.□軍公教 3.□大眾傳播 4.□服務業 5.□金融業 6.□製造業
　　　7.□資訊業 8.□自由業 9.□家管 10.□退休 11.□其他

學歷：□國小或以下　□國中　□高中／高職　□大學／大專　□研究所以上

通訊地址：_____

電話：（H）_____（O）_____　傳真：_____

行動電話：_____　E-Mail：_____

◎謝謝您購買本書，也歡迎您加入我們的會員，請上大都會文化網站 www.metrobook.com.tw登錄您
　的資料，您將會不定期收到最新圖書優惠資訊及電子報。

大都會文化
METROPOLITAN CULTURE

大都會文化
METROPOLITAN CULTURE